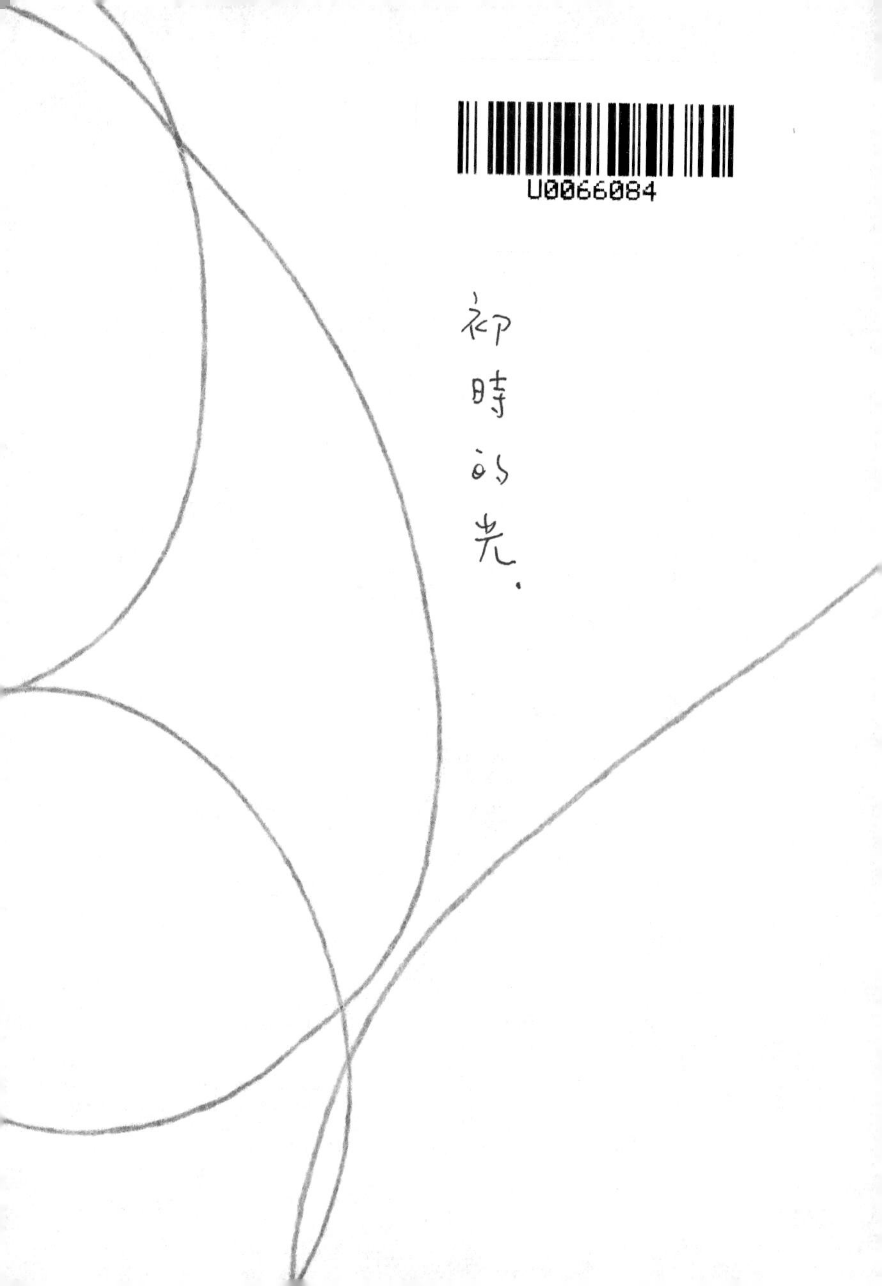
U0066084
初時的光.

感官編織

蔡宛璇

推薦序

趁亂告白——序宛璇詩集《感官編織》

◎隱匿

猶記得二〇〇七年的春天，宛璇帶著一抹笑意，從樓梯間浮出有河書店水面的那一刻——明明是初次相遇，我卻打從心底發出了奇異的共鳴——那種感覺不是一見如故或者失散多年的妹妹所能形容的，那幾乎可說「她是我失落在另一世界的一部分」或者「我是遭遇病蟲害之後的她」；那就像世界是一巨大的生命體，我們本來生在同一棵樹上，只是她往陽光的方向盡全力伸展綠葉昂揚的枝椏，我則向著陰濕的地底潛入，試圖將根鬚深入地心。

或許因為初遇的震撼吧，我做了幾個有她參與的夢，其中一個至今仍歷歷在目。夢裡我和宛璇都來到死後的世界，生活於深不見底的雨林裡，在樹冠間穿梭飛越，各自修習不同派別的武術，且在挫折中不斷精進。後來宛璇告訴我，我做此夢的日期正巧是她的生日。

儘管有這樣強烈的似曾相識感，宛璇卻是當時剛開書店的我從未見過的異種生物：她事事關心、樂於學習，為各式各樣的藝術和音樂而傾心，且彷彿外掛了外星人的接收器，能察覺極細微的聲音、辨識出最黯淡處的微小變化，觸覺想必也異常靈敏，你只要看過她用一支細筆在紙上擦掠，那附魔般的筆尖移動，顯然正在將彼時所感知的無以名狀之物，從指尖輸送出來。

除此之外，當時必須留守書店的我，也挺羨慕她的足跡遍及世界各地，因為那都是非常吸引人的所在，而非有名的觀光景點。但我並不覺得遺憾，因為我有幾位這樣的朋友，他們代替我去過了那些燦爛美好的所在，而我則透過他們的創作，一一接收到這些來自宇宙邊緣的神祕訊息。

奇怪的是，雖然我喜歡宛璇的詩且已將這本詩集讀過數遍，卻無法像其他喜愛的詩人那樣記住某些詩句，甚至能背誦或隨意引用。當我嘗試從腦袋裡召喚出宛璇的詩句時，浮現的不是文字，而是許多畫面、聲響和氣味——從塵埃堆積的破碗裡滿溢出來的老宅之夢、大黑暗的森林中水鹿濕潤的眼睛、在如潮的月光裡搖蕩著的群島、終夜吹送的褐林鴞的聲音、沿著我沒去過的湖畔四周冒生的冷又安靜的青煙——這些詩，彷彿脫開了文字，成為其他的……其他的什麼呢？

回想那些我能背誦的詩，它們都有渴望表達的洞見、有情節和感情、讓人毛骨悚然或者激動落淚，然而我最喜歡的宛璇的許多詩作卻並非如此，我無法用文字記憶，而必須回到詩行間，如此便能再一次地感受；那感覺就像一方面睜開眼睛閱讀，一方面卻得閉上長年以來學習文字的慣性之眼，我必須交出自己，全身全心潛入那個閃耀著幽暗波光的異世界，於是乃能觸摸與傾聽。

隨意舉例：「草叢中被夏天打動節拍器蚱蜢的腿翅映滿光」、「泥土蒸氣，殘翅落枝，薄荷與青苔／不是綠的綠，和幾乎不存在的黯系」、「映在石壁上波紋形的意念」、「海綿吸滿夜色，在海床上／

傾聽漆黑巨大無邊」……等等，這些描景、微物的陳列，顯示她只願忠實地呈現與讚嘆，而無意取為己用，卻也因為無所求（甚至忘卻自己正在寫詩），而其中有神，於是成為無法背誦的文字。

波赫士形容人類的文字「貧乏而野心勃勃」，但宛璇的詩卻彷彿另闢蹊徑，來到了文字的另一面，那確實一如詩集的名字《感官編織》，色聲香味觸法，必須將每種感官推展到極致，圖窮匕乃現。

我不敢說她的詩是最好的，因為「最」與「好」，甚至「詩」，都帶有評判和規範的意味，我只能說，同為詩的習作者，我很受觸動與啟發，也很感激宛璇是如此誠實，她沒有試圖將這些生動地捕捉而來的光，「構造」為一首「完整」的詩。當然也不排除她為了留下這些光，費盡了苦心，直至它們看起來渾然天成，比如這一小段就似乎透露出勞動的痕跡：「為了得到治癒／他必須起身／去尋回／那而今四散曠野／卻曾被召喚過無數次／的語言」。還有底下這首，短而帶著棒喝的力道，我感覺自己也在此詩中得到了校正，回到本該屬於我的運行軌道：

> 我被這些無名的樹所包圍。
> 它們無法為自己命名。但太陽昭示著它們存在的中心。而它們
> 則昭示出我存在的路徑。

當然，除了短詩，宛璇也有結構完整的長詩，甚至有組詩，但這些詩仍維持住她獨有的靈光。就如顧城說的，有些詩是「長」出來的，有些是「寫」出來的，詩人終究不是靈媒，不能完全依靠詩句自動長出，多數時候仍然必須排列字句，為了無法找到的那個準確的字而苦惱。宛璇這一類寫出來的詩大概是與社會議題相關，或帶有批判性的作品，儘管這些可能不是我的最愛，但還是十分動人，比如為反國光石化而寫的〈三個彎，轉給白海豚〉，讀到最後，不禁鼻酸，因為宛璇彷彿化身媽祖婆，將同等貴重的白海豚與金孫，一同攬進溫柔的懷抱裡：

母親正用新買的十元大紅塑膠桶

為她的寶貝金孫

細細溫柔

洗淨身軀，啊……

向晚的風

從海上來

手心手背。

手心手背，心肝寶貝。

而我也非常喜歡她散文形式的詩，比如寫老房子的詩，那少見的對於空間的敏感和呈現，彷彿每個字都堆積著灰塵和歲月的重量：「四十年後有個人，穿過夏日銀合歡和野釋迦樹婆娑的天井，進入這間屋子的夢裡。」、「風在那些房子的周邊，不停兜著圈子。它撞擊緩慢支解中的木門，吹奏死去珊瑚群的骨骼縫隙，風化中的玄武岩廊柱，布滿孔洞，兩旁拼命搖晃著的木麻黃，整排整排在戳動天空。／天空灰白蒼茫，海在風來的地方日夜翻湧。」……還有底下這首，將她對人造物的譴責與生而為人的愧疚藏起，彷彿僅是一則遠遊歸來的遊子，對母土的跪撫與親吻：

> 這片國土北方唯一的原始林彰顯出「體 」，而非各式居住其中的生命。這是人造林所不知道的世界。
>
> 在子夜離開了草原去侵襲沉睡村莊的沼澤之霧，也在說著類似的母語。
>
> 即使是人站在那裡雙眼緊閉，即使是想要說而說不出的攝影機。都無法精確描繪出，
這先在的風景。

我想著自己之所以受觸動，應該是彼此有許多共通點，而我之所以受啟發，卻是因為她對我來說仍是不可解的謎。比如我始終無法理解，她為何能在知悉人類對環境的破壞之後，仍對人世懷抱熱情、善意與好奇？她恆常將感受的觸鬚往四周伸展，不害怕因為敏感而受傷；她對充盈於生活中的美善滿懷感激，創作渴望同時來自宇宙和內在的核心，她僅僅遵從於此，不在意最終呈現的方式為何，於是她才能跨越各種領域：詩、畫、裝置藝術、聲音、影像⋯⋯甚至以破臺語發表反對澎湖博弈的演說（當時我笑得在地上滾動）；學習法語、臺語、原住民語；和伴侶攜手至荒野鄉野間錄音，或在城市的美術館裡佈展；堅持環保，所以她總在巨大的背包裡塞滿水壺、餐具、便當盒等等；同時她也和兩個孩子一起種菜、做飯，且在備料時，偷偷為一顆紫洋蔥的剖面結構之美而感動不已——這就是我所知道的宛璇。

寫到最後，我突然意識到，或許現世即是我夢境中那個死後的世界？於是根據柏拉圖，儘管靈魂的雙頭馬車仍未馴服，但因我們曾見過雲端上的世界，那裡是我們的所來之處，因此，不管這個世界有多麼糟，我們必能看穿變動與虛假之物，而我們的眼，將僅僅注視著永恆的事物，世界的本質。

底下是在閱讀中意外長出來的一首詩，獻給她。

所來之處

在緩慢的閱讀中跋涉
如一荒闊無邊的夢

我不由自主地想著
如果不是遭遇嚴重的病蟲害

你是我本該長成的模樣

而生命是
一
龐大的集體

我們是其分岔的枝椏

你向陽而伸展
光與水分子沒入
潮汐

曾經陌生的持有
接續著從海裡醒來的
感官編織

而我則將根鬚深入
另一片天空
以真菌封存
星塵

然則時光往復
鏡照

如一微中子
穿過整個宇宙仍未
遇見彼此

於是你手執幾縷
發光的線條
沿路拾來幾顆黝黑
沉默的字

讓風遍流其中
一支多孔洞的樂器

要我們向著所來處
閉眼
傾聽

目次

卷二 | 地中海北

卷三 | K

卷四 ｜ 異土

卷五 ｜ 沙數

卷六 | 感官編織

卷七 ｜ 脈

卷一——正常地滾動

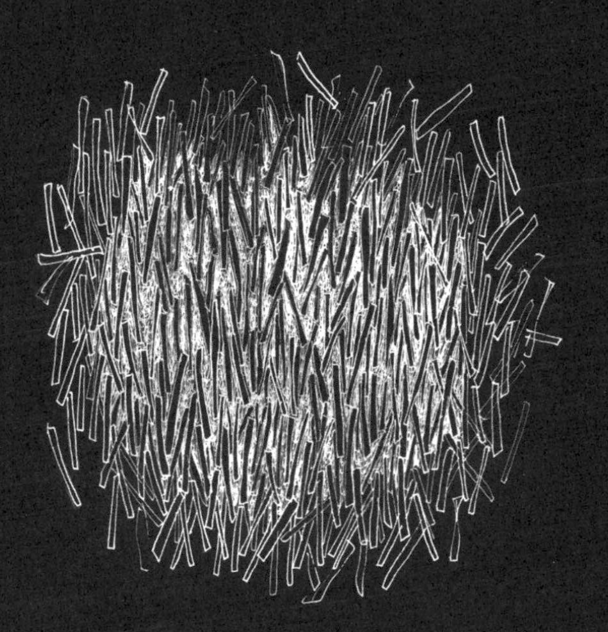

正常地滾動

青苔
在心中滋長

日子輾過來

春天慢慢開始
蒸發的味道

—— 2006.4

　緩慢。
窗外車陣
緩　慢，

光線擴張

空氣中有濾過的往事
黎明前童年之炊煙

——2006.7

生與活之溢出

所有神祕的腳步都朝向命運。站著睡站著作夢站
著聽床邊故事。把讀和聽的人都丟進故事正中央

時間進不去那棟房子，時間的犬齒。與未知通信，
向海游去一座無名的島。
黃昏打壓過來，沒有夢的陌生人

在即將開始寫的一本書的夢裡散步。就像某些植
物生長快速

過去是一種病像睡前突然長出的最後一根樹枝。
不可解的溯行方式與各種細節之充滿。

誰還記得起夢裡出現過的陽光？

—— 2006.8

穿雪花

「這正是冬天。天氣是寒冷的，風是銳利的。但是屋子裡卻是舒適和溫暖的。花兒藏在屋裡：它藏在地裡和雪下的球根裡。

有一天下起雨來。雨滴滲入積雪。透進地裡，接觸到花兒的球根，同時並告訴它說，上面有一個光明的世界。不久，一絲又細又尖的太陽光穿過積雪，射到花兒的球根上，撫摸了它一下。」

——安徒生童話〈夏日痴〉

1

房子的白日
在地下室的永夜裡

那個小小人還在下樓梯
而我已經等了一個世紀

坐在冰涼的地上
水從身後
一滴一滴，緩慢
而艱難地
流出去

2

在一個巨大城市的心室中
幻想
遇見
從前的一個人

有這麼一種心思
總是從反面織起
直到毛球被一一
翻回到內裡

3

八〇年代末期我在冬天有雪的
一座城市中隔著窗向街道哈氣

生活中的所有危機。車子急速
前行時，迎面撲來深黑枝椏
帶著隔夜的冰

雪地深處，火車隆隆駛離。

一個男人在每日車陣中
捐出他的心跳

每個路口轉角

都有人

用槍
抵著

另一群人

——2008.1

小雪

雪落深冬，引手
似觸，未觸

雪落蕭瑟，靜默
依舊貪看

雪降，大寂——
這紛紛傾刻即現即逝

雪融時刻，晶花泥濘共參
來回印證那大美，獨獨
映照宇宙輪轉，溶動
萬物，生與欲之願

人們等待一種累積，彷彿
能為他們將甚麼再次掩埋

人們也期待著春日，彷彿
能為他們將被埋藏的甚麼曝露出來

人們等待一種等待，彷彿就此
能將時光填出日子之外

冒著過去的寒氣

和某種凝縮後的強烈

—— 2009.1

冬燼

他在清晨人煙初昇的公園椅子上
刻下

「繁夜之路
扇形之井」

草露蒼蒼，懷且不孕

鐘塔尖抵，生之腫傷

留下冒著寒氣的過去，和
某種凝縮後的強烈

——2006.3

今天

他出了地下室的房門
要看看今天

他的室內鞋滲出柏油的黑
在窗與長廊之間反覆來回

釉青的光絲

時而思緒充滿
時而虛空強佔

這半球的一天尚未開始
另一頭已達沸騰的頂端

——2007.11

行進中，MRT

瞬間且重覆飛掠的隧道燈爭奪
車廂內一出生便被綁架的靈魂
尤其他們在打盹時更顯得扁平
酸脆且易於自我消費

在這傾斜的世界你所能做的一件
有建設性的事乃是繼續保持倒立
繼續傾頹因為事物根部會在土中
摸索蔓延只有雨水雨水始終維持
一種太古無情的垂直

——2008.1

六四晚上我們讀詩

六四晚上我們讀詩
貓坐在字詞上
貓懷孕了。

懷孕的貓穿過席地而坐寥寥身體
在詩歌與印墨中貓忙著舔洗自己

雨時小時大，時而如刃鋒利

地上遺留著四足動物的經血
與散落翻動邊緣受潮的紙頁

當微風伴隨一團
雨夜特有的濕氣
探進頭來的時候

那花香，將更為濃郁

——2009.6.4 於有河 book

——書寫當下，地板沁涼，默默想著伊沙＊詩中的無名生活者。是夜(時刻不明)，河貓可可產下未來的河貓仔。

＊ 作者註｜伊沙，中國詩人。在臺灣的出版品有個人詩集《尿床》(【大陸先鋒詩叢】第二輯，唐山出版社，二〇〇九)。

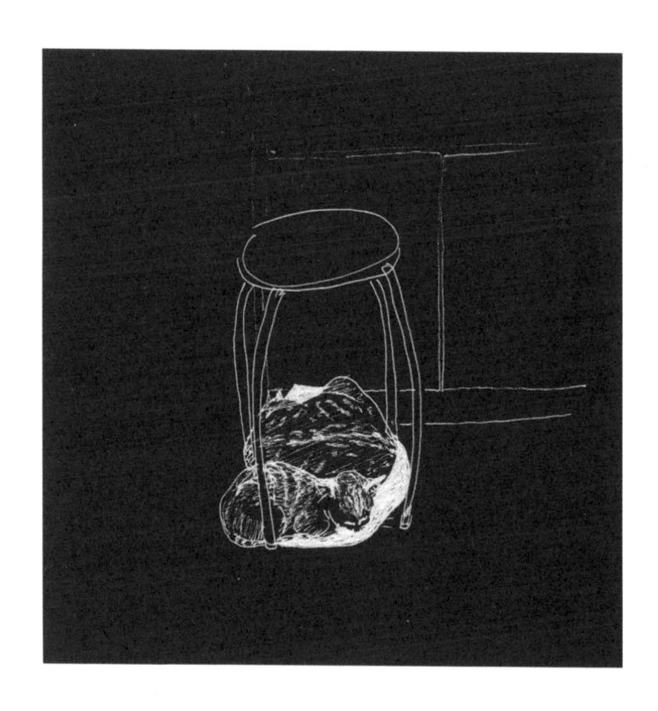

睡

——那睡如髮散裂，如每一次的宇宙秩序重建。

她又睡了。

星球與雲系之間

繁花遍在

一根無來由的光絲垂入她耳中

天地下起雨來。

所有影子都濕了

——2008.1

家寒害

風拂掃過前窗
堵住嘆息

風擠堵樓梯口
懸吊乾咳

風塞緊房門腳
壓下啜泣

風呼嘯貫穿長廊
淹沒天明

意志想望代謝缺口循環

它原地嘶嚎
它四處流竄
啃咬著
同謀著

人們所妄想馴服卻
從不曾向人們
順從的生命

在對岸
煙一般的青色小火

又冰冷
又安靜

——2008.2

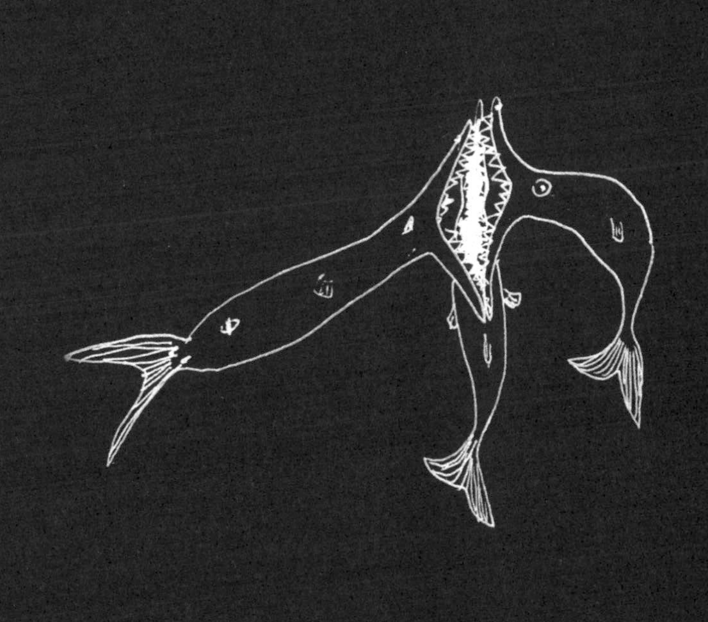

閏午夜

遠處有形體不明的生活之獸

背上有鱗，有爬行所留下的軌跡

穿過發散中的海面與盛夏窗緣

以難眠後的夢群之姿躍至胸前

—— 2009.7

鴞喚

在這樣烏雲鋪天，險險
就要漫過白日的時刻

從樓頂鐵皮與黃昏市集
所層層遮蔽的山神那邊
傳來一陣陣飽水的涼意

泥土蒸氣，殘翅落枝，薄荷與青苔
不是綠的綠，和幾乎不存在的黯系
正是那些

我們幾乎已經忘記的
我們以為就要唾棄的

是褐林鴞
以牠永遠俯向的視線
和深沉不可測的呼聲
自其棲處，終夜地吹送

——2009.5

　在秋天抵達夏天以前呼喊冬季
大量等待消融的積雪驅散白雲

在春天離開月臺以前沿著鐵軌
敲醒地底蟲蛹的冬眠蛇蟒的靈

快醒

　快跑

　　快來湖邊

　　　睜開雙眼

　　　　沉入湖心

　　　　　直達邊境

——2010.3

卷二——地中海北

小白狗

山坡上
一隻小白狗
走在紫黃色的土路邊

向晚時分小白狗
側耳聽蟋蟀吟鈴

走在坡上
牠試著啃啃草
假裝自己是羊

沿著裸露的樹根牠嗅到蟬聲
也聽見山谷

小白狗現在
走到了山脊

牠抖抖後腿
一跳　一蹦

像隻雪地裡的野兔

閉上眼睛，在山洞裡
牠蜷著自己的身體和
一絲星光

以為自己
是顆遙遠的殞石

——2007.8

Valberg 漫步

路，整山樹根
長成的階梯

草叢中被夏天打動節拍器蚱蜢的腿翅映滿光

草尖上一整片大霧後
的觸顫鳴響

不去思考如何
更接近身體
但身體卻這樣
潛入了思想

那思想在行動中
持續被砥礪
接著在不經意間
輕輕放下自己

—— 2007.8

Lac de Beuil *

自草中浮出
任日光掃描
想翻滾
就翻滾

糧草和水，伸手可及
風和雲影，去留隨意

深綠在搖
釉黃在飄
借風輕熱的動勢
緩緩進入線條

身體溫存過的草葉拉長了時序
間歇嘶鳴，夏蟲應和礦石的崎嶇

而躲了我一上午

的幾隻山雀，此時正悄悄

重回到樹梢

＊ 作者註｜Lac de Beuil，是法國濱海阿爾卑斯地區一個自然保護區內，Valberg 村附近的高山湖泊（1739m）。

—— 2007.8

地 鐵

1

現在應該要有春光
至少櫻花都開始凋謝了

那個女孩來自南亞嗎？
她的身體幾乎
要嵌進牆縫裡

在她與背景間
故鄉褪色的頭巾成為疆界
只見她深棕的指節那樣細
而枯長，在人形來去
污濁乾涸的階梯前方
微微高舉，不動

她周邊的空氣
就這樣被凝固，
被戳破。

2

巴黎，曾經我寫了一首
給波那爾的詩
詩裡顏色的流動
那麼巴黎

今天去波那爾回顧展的路上
巴黎又為我吞吐出一首詩
摻雜失敗與頹喪
交混腔調和偽裝

當年的那些詩行如今
仍然買不起一張
回顧波那爾的門票
百年前悖俗的春光早被馴養
來自上上世紀的地鐵
始終奔朝兩個方向

3

除了起點和終點

它永遠有兩個方向

而對月臺上以冷漠和虛無

相互丟擲的人們而言

軌道始終向前

那女孩的手，依然高舉

但是她的姿態

看起來，像在作夢

她的夢

像在等待與速度的生存縫隙間

練習呼吸，或喘氣

月臺裡新糊的海報下是台販賣機

販賣機旁髒污的垃圾筒緊鄰著連排座椅

座椅下方的黝黑

是許多網狀出風口

除了塵埃毛屑的積纏

除了眼神的堆棄和丈量

天黑時，它還會分泌出

一枚一枚

越髒，越硬的五分錢

——2006.4 巴黎 初稿

老西蒙娜

老西蒙娜很老了老到
用不著猜想她的確切年齡
就能觸摸到她的嗓音
像過度使用的砂紙般褶曲
和一思念就皺起來的嘴鼻
還有一笑就抖動個不停的背脊

那天下午慢慢燙好手帕
後露出小女孩般的羞赧
老西蒙娜對我的麥克風說：

「天氣好的時候我去院子
下雨的時候呢我就生病」

「我打毛線我做飯我說長道短
我甚麼都做，就是不愛看書」

「當我睡不著時，我下床，

熱一小杯牛奶，加一小湯匙的蜜
不多喔，就一小匙」

不多喔就一小匙。
每天都一樣。在一點半到兩點半之間
六點前後，九點過一點。
不多喔就
在同一個時間同一個時間同一個
我重新開始。同一個。我重新
一小匙，
製造現實，我開始，就
罹那些卑微的難
過些幸福的渺茫

像一個缺乏運動細胞
的孩子在躲避球場內
她甚麼也，不逃避

除了重覆
她甚麼也
不愛惜

她是幸福的。

人們願意想

她是幸福的

瑣碎，重蹈覆轍

和種種計量方式

很久以前學過的

現在再學一次，兩次三次……

老西蒙娜顫巍巍抓起一把，她小而柴

仔仔細細分段過的幸福，慢速

灑向那些在或然率中

斑狀現出的致命物質

（時鐘）

只加一點蜜

（斑點）

在六點前後

（等候室）

或九點過一點

（運轉中）

不多喔，就

（每三餐）

一小匙

——2010.1

秋天的支流

1

今夜月如夢
如吟唱中的弦聲
穿透林間

　OKINAWA的月光如潮
　蕩漾海上每一座島

——流浪音樂節上聽吉他手 Ken Otake 演出時小記

2

閃著LED光的夜晚
有著不可捉摸
液晶狀的悲傷

3

故事走出深秋

自己來敲寫故事人的窗

海綿吸滿夜色，在海床上

傾聽漆黑巨大無邊

蛇在草叢中

冬眠之前，回憶沙沙作響

一再蜿蜒

而緩慢

年代蒼茫擁擠

秋天，秋天，秋天

結束，結束，結束

4

公車在黎明時分進入將醒的巴黎

尚空曠無行跡的街道上只有冷意

一旁此時叫做咖啡店的小酒館裡
有著各式眼袋的男人們深色長褲
圍著蒸煙氤裊的燈色作定點飄浮

被擦得發亮的櫃檯，老練如一艘
作業中的
捕烏賊船

5

這越來越稀薄的咖啡蒸氣冒著隔街
三大排越來越連鎖的進口鳳梨
長久以來整束得一身
優雅繁複的陰天小心保養
其灰藍空氣中滑行的眾人

鞋履之間唇齒之間
地鐵進出如潮，往返推敲
這些日漸熟稔的口音
與更多陌生的鄉愁

窗檯上的貓開始吃起
廉價罐頭，本月全歐特惠
但仍不忘配戴牠的血統證明

必要時
牠也有些剛去修好的爪子

6

風起長街漫天飛黃
此季節乃繁葉之國

與行進的足合鳴，與
斂翅的眼諧調

一種向下且游移的韻律
一種意與萬物愛撫之姿

7

它們日夜追趕車痕與群鳥

在泥地在林間在清潔隊的藍布口袋中在
午間偷情的餐盒上方
在地表與其深處進行
統一之大計

欲將所有變得透明
卻被漸深的樹幹猜透

黯黃，赭石，間或複調熟綠
洗白的長椅

把天空在灰雲中扎出墨汁，把枝藤
留給高而遠的蔚藍
以及夏日所珍藏的
生之細部
聽——

即是地中海遠來的風沙也
掩擋不住的波光
粼粼遍及——

8

在長久居住並爬滿藤蔓的公寓頂樓梯內
想起他所僅知的那個家

在黑暗的轉角浮現如孤島

在黑暗的車輪邊轉動轆轆

——2006.11

搬家路間小憩

那些
最近的，
最遠的，意識
相反面的

高速公路
休息站
後照鏡
投幣練習

松林初秋。對向
川流不息
引擎

西班牙柳橙
波蘭聯結車
Mitsubishi

反光的蛛絲

樹梢間隙

鳥跡

——2005.9

路上的詩

1 搬家的公路上在搖晃的卡車裡最後的讀物是詩集

燃燒中的葡萄園
想望豐熟的夏日

蘋果園眾生崢嶸的姿影減緩了山勢
一切金黃水鍍，樹枝兒搖

按字就光
視線沾滿黃沙

白色與灰，我們正在離開
灰色與白
那路後頭，還會有甚麼？

2 深淵

所有秋天之路
盡頭的樹

尋找愛的雙臂
細小又強大

（那段時間我的靈魂大過身體，與路人們的空間領地邊緣擦錯。如同我遠方的友人們，各自走著，逐日蒸發，透明化，沉澱的過程透過漸弱的聲音傳遞，像一種某處細微損毀的沙漏。一個個黑洞生滅自每一踏出的腳下）

——2006.12

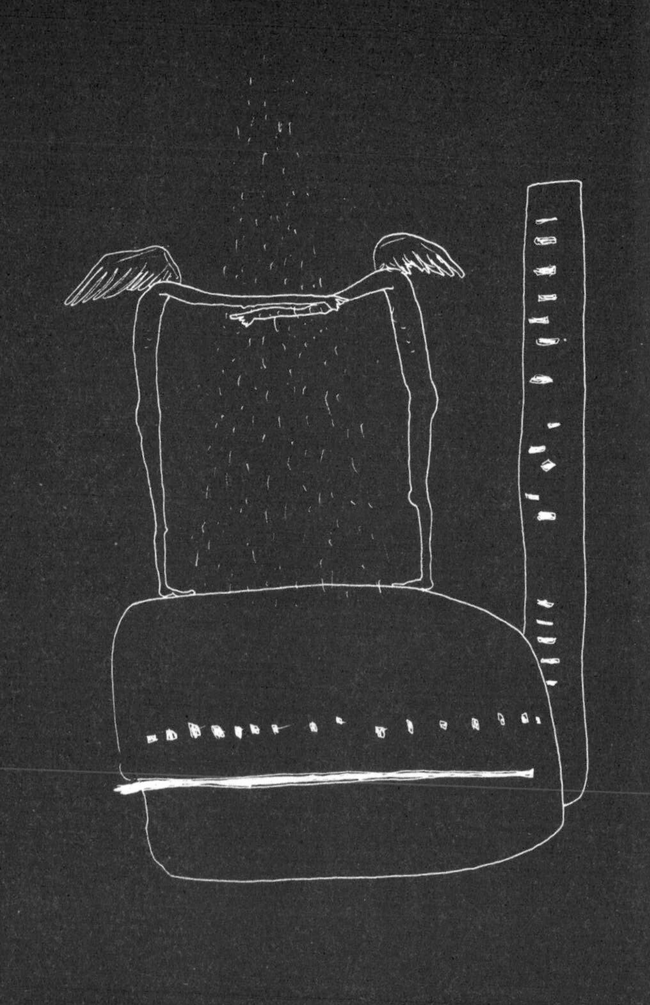

槲寄生*

騰空想望，又緊緊吸附，像翠綠的鹿角，也像飛不走的竹蜻蜓。是高懸的巢穴，也是生存的道場。

槲寄生要長成團圓的形狀
其高聳向陽的宿主，卻生出腫脹紛亂的夢

它純簡的葉形和充水的根莖迷宮下
站著在吻裡旋轉，冀求永遠的戀人

火車經過灰色河面，
沒有一個過客知道島的去向
白色也不知道雪是甚麼時候
開始擴散的

這些狀態使季節分泌出一種
不夠顯眼的感傷

遠處的法國梧桐在街廓，院落，牆後，
在秋天完結時赤裸挺立，
成為一道道留守風景的深色裂隙

列車進站。
它蛹形的體溫，隨逼近中的廣播聲噴向地面
隨鏽黑的鐵道切割景深
讓顫動多時的種種視線
跳進暫時收藏它們的咽喉
劇烈喘息後，願意重新熟悉這個世界

殘像如同塵埃，悄悄從眼底飄起
無數細雪，被吸入黑暗柔軟腔體
結成半透明果實
使人們意識到空氣
原來也存在著話語

移動的冰藍雲層在光裡迅速流逝
游離的地面人群在光裡猛烈燃燒

車子隨意而零散地出現
有時在空曠的停車場
有時在積雪的心上

萬物都發了誓，唯有小槲寄生

——2010 記向北的一月

＊ 作者註❶ ｜槲寄生（學名：*Viscum album*）英文常寫作mistletoe，常綠小灌木亞洲北部及歐洲均有分佈。常寄生於麻櫟屬、蘋果屬、白楊屬、松屬各樹木，有害於宿主。莖柔韌呈綠色，葉呈倒披針形、革質、淡綠。早春，葉間分出小梗，著生小花，淡黃色、單性、雌雄異株。果實呈半透明。（參考出處：維基百科https://reurl.cc/r1o4b1，擷取日期2021/08/10）

作者註❷ ｜光與槲寄生的故事。（出處：維基百科 https://reurl.cc/q1o4bR）

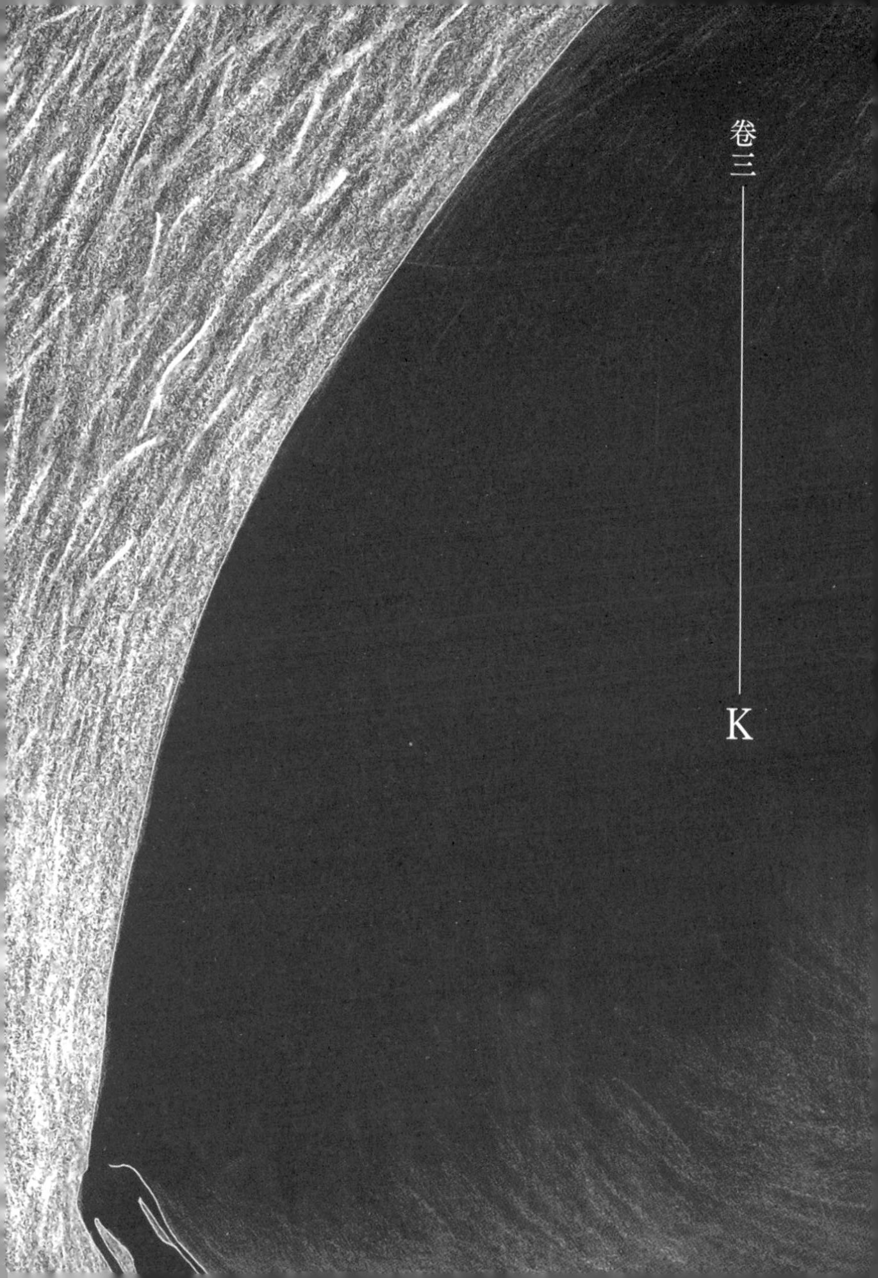

卷三——K

Chers K, H. et P.

Chers K, H. et P.,

Je suis entourée de ces arbres anonymes.

Ils ne peuvent pas se nommer. Mais le soleil révèle le centre de leur existence. Et les arbres révèlent le chemin de mon existence.

親愛的 K，H. 和 P.，

我被這些無名的樹所包圍。
它們無法為自己命名。但太陽昭示著它們存在的中心。而它們
則昭示出我存在的路徑。

——2009

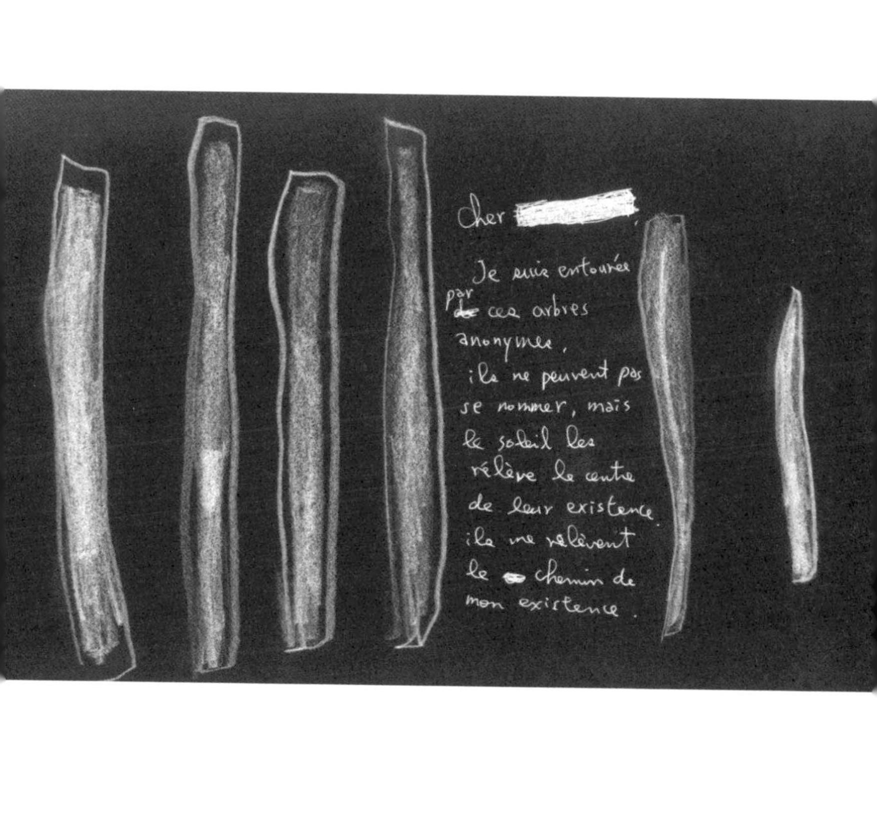
Cher
Je suis entourée
par ces arbres
anonymes,
ils ne peuvent pas
se nommer, mais
le soleil les
rélève le centre
de leur existence.
ils me rélèvent
le chemin de
mon existence.

上路之前偶得

今天在某個文件夾裡掉出兩張紙，那是兩年前從A地搬到B地前想寄給你的，如今我在C地，兩天後將離開前往E地，在到達G地或F地之前，夏日想必正熟。

這樣一去一返中間斷訊的時候居多。年頁漸增，人生仍薄脆易折。越過年中間也穿過換日線，夏天陡然被拋擲下地，遭到地中海的驅逐潛回太平洋接著逐漸被稀釋成淡灰藍。

我的頭髮愈來愈長愈不聽取歲月的教訓。倒是世界似乎漸漸凝著……因搬家與遷徙的種種瑣事而導致內在的沉默。如今暫時的家徒四壁與行李如山堆積反而輕晃了幾乎成為固定版本的時空。

整理手邊文件時又偶然發現了從前你寄來的兩首詩，在軍用處方上顯得那麼溫柔與岌岌可危。

紙片上你寫著：

那月在西方的地平線下怔視著晚霞發著呆
不肯出來
年輕的遊客用雙腳鑑定海邊的微波
堤防之外，「暗暗酒紅色的海」
風帆手是個少年蒼老的異邦人
海邊的情人看起來依舊那麼好閒
為了夕陽而出門的人心滿意足地去
了咖啡館
（我抄寫的時候聞著手指間的炒洋蔥香）

——G.T. 颱風之前覆抄

——2005.9

報春給 K

K，山裡的櫻花已經盛開

今年的山櫻花
過早地開了

信箱裡斜躺一張
滿布苔癬的明信片

市集仍參不悟它
聚積塵埃的往常

一座冰滴機在人聲
鼎沸的咖啡店
暗算時間

—— 2008.1

K—冬小調

從手窩到心尖

勾出來的月牙

細如葉脈血絲

與你慢行一段

大路轉成河彎

是非遠退。

因各自擁抱著場景記憶
而共同篩落的一小片綠

如此蔥蘢

無端搖曳

在深夜裡

正要追趕上

一座大山

——2008.12

他讓我看到

他讓我看到
風旋轉的樣子

其餘的都是瀝青的顏色。

——2008.1

影子初夏—給在某處的 Y.

影子初夏——一：星體

那球體

既深也黯

它一點一點

吃下自己，成蟲

又化蛹

而後醒來

慢慢吐出

一種光——

初時的光

絲一樣的歲月

綢一樣的火焰

黥色的光

溫柔地柔軟的
溫柔的柔軟地

熠熠閃動的
日子和根鬚

影子初夏一二：逼近睡的航行

他厚實的身軀裡
盡是纖長半透明的線索

一雙眼
早在童年時
被銼傷
磨損。嘴器
和臟器間
傷口那麼明顯

嘿，他早一步去
敲響那道門了。被敲醒的
冷冽沉重的古門聲
刺穿整條冰的長廊
陰影斑斑
大理石地面的陽光

他早我們一步
去小酌一杯了
他說：如果我喝太醉
今晚就不開我的小車
回家。身體
比夜露還涼

他早我們一步
去探望童年了
在國土東北
小城正迎接他的歸來
但他只是旁觀
不再那樣倉皇

他早我們一步
把心臟帶去旅行了
無數夜晚的巡迴演出後
躺在路邊廂型車裡
看星光如何與路燈糾纏

他早我們一步去
涉那條崎嶇的溪了
四周風景變換閃爍
必須矇著雙眼
才勉強找得到
他的那條影子小路

還說希望有天能再見
你分明是害怕遲到
才會把這天
一再往後延

如今我們之間
隔著包容一切

又一切的大海
海水儘管反覆刷洗
這世間下一瞬又蒙塵

現在，你輕輕嘆口氣
比這個暗、潮濕
而狹小的房間
更早一刻睡去

影子初夏一三：逼近未來的回憶

（他經年累月的憂傷，如黑色蟻群之擴張）

死，乃
遺忘黑洞中
記憶的反面

像耳畔細語
幾乎可以聽出存在
被場所佔據

場所，秩序，暗引
事物的內部認知
使地鼓顛盪
使廣漠深青
寂靜，遂以晨間大霧
看照——

整村的靈魂

皆未曾醒來

影子初夏－四：何處

那天傍晚
大夥都喝了酒
你並不想回到住所
有天使在樓下等你
相約再去誰家續攤

猜測中你靠近窗檯
嘻笑間低頭不經意
看到一個嬰兒悲傷嚎哭
嬰兒知道悲傷嗎
你這樣一想就沉了下去
世界變成一座巨湖
你在瞬間滑落湖底
撞擊湖心
和每個人的眼睛

我想相信
想你悲傷粉飾的神情
想你試著徒勞地穿越
一整段風景中的空缺

你知道嗎人只要一同
感受過一種躍動
便足以被愛觸摸

你知道嗎人只要一同

聽見過一種沉默
便足以被愛觸摸

聽——

在城郊的壞小孩路15號
暗飛使者唧來夜之食糧

影子初夏—五：停頓

運河。
人跡。
長空。

一點，一點，一點，

飄散中的喧囂

一點，一點，一點，

飄散中的

某種深刻的味道

影子初夏—六：故事

黑夜中有琴聲揚起
極遠，極深的星光

有人唸唱起一段咒
宇宙的第一道傷口

獵人在林中被自己的斧頭砍傷
他的血流出身體充滿了全世界

為了得到治癒
他必須起身
去尋回
那而今四散曠野
卻曾被召喚過無數次
的語言

——記二〇〇六年永遠離開世間的Y.。我手機中仍有他的簡訊：「謝謝，收到你的訊息，我很感動，期待我們很快能在某日再相見。」

——《影子初夏一六：故事》，來自芬蘭樂人Pekko Käppi 在美濃演唱當天所唱的歌，由芬蘭古傳說改編。舞臺上，他在說明歌曲內容的當下，我想起長相有點神似的Y.。

——2006.6 初稿

——2009.1 完稿

夢中生活：回訪

房子是你住的，我回來看這房子。多年不見，它的內部結構，依然是如我從來就全然無法自外部臆測的那樣。

徬彿重新指認的行進過程裡，它一一在我身邊展開，隨後又立即以新的姿態折疊起來。就像臟器之間的異質與膜，黏與曲折，直至身體表層所透露的平滑光整。

中間，是宇宙般的遙遠與親近。

而我在撫摸你的時候，進入了大霧之中。

—— 2009.8

壞小孩

Dear Frankie,

壞小孩的夢裡沒有天使。他們通常迅速早熟。有時候他們的眼睛異常溫柔。

有時候他們的手勢接近霜晶。有時無禮，有時態度惡劣，愛走那條命名為散步與逃亡的小巷。有時無聊自責，有時愧疚自大，有時學小兔子跳舞，假裝昏倒並期待有人提燈來找。

黑暗不能用來形容火燄，但可以用來形容看見

邊緣可以被塗擦，也可以被著色

我們可以想像彼此向遠方召換的天空

這想像讓世界更混亂也更遼闊

以及彼此對彼此的想像，再怎樣地虛幻，總也血肉雜摻。

——2006

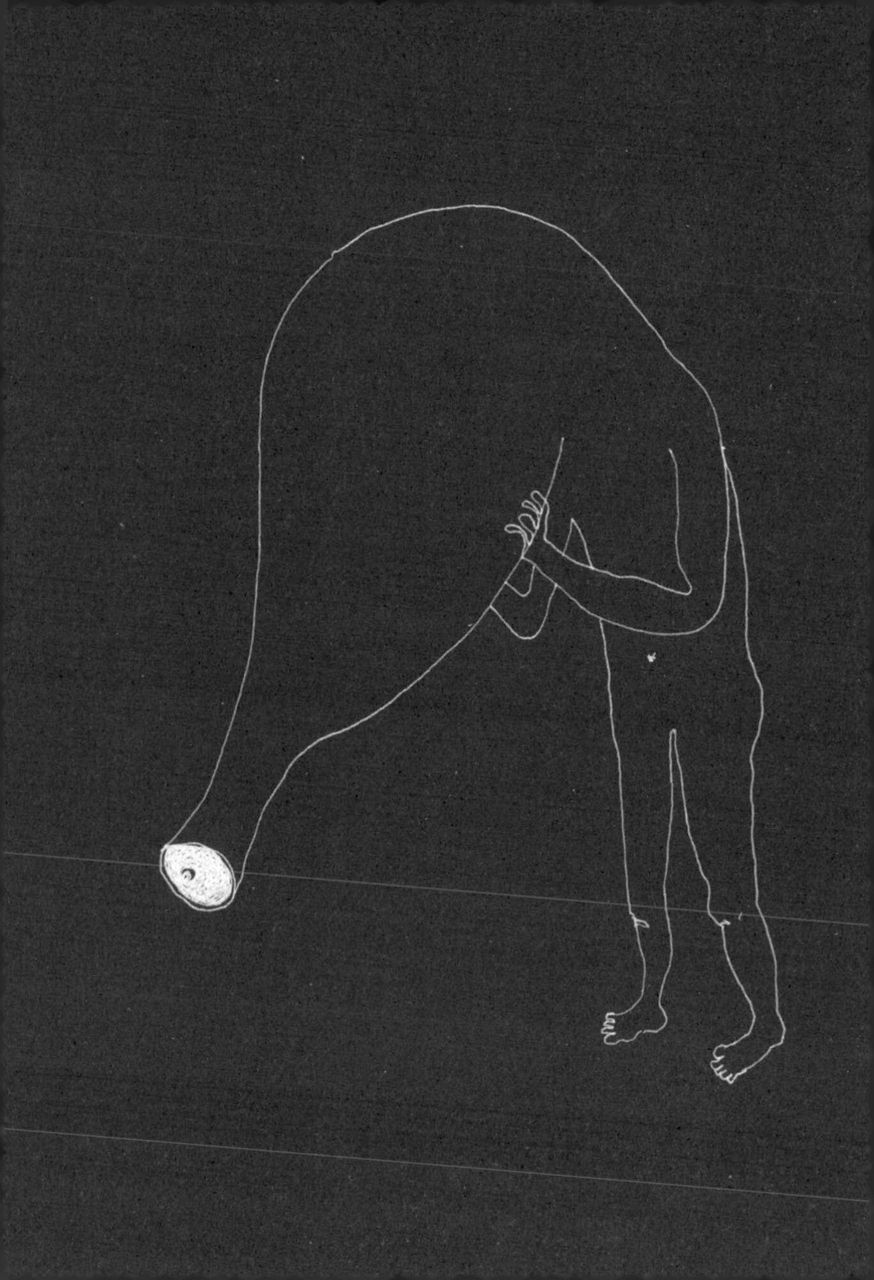

親愛的P，

知道心的位置的人，都知道愛與苦的複體性
以及它們彼此餵養的惡習。

——2008.4

她她

在夢的哨站

她使我聽見

野風在記憶裡

盤旋的聲音

——2008.1

K，

這片國土北方唯一的原始林彰顯出「體 」，而非各式居住其中的生命。這是人造林所不知道的世界。

在子夜離開了草原去侵襲沉睡村莊的沼澤之霧，也在說著類似的母語。

即使是人站在那裡雙眼緊閉，即使是想要說而說不出的攝影機。都無法精確描繪出，
這先在的風景。

——2008.4 愛沙尼亞

卷四

異土

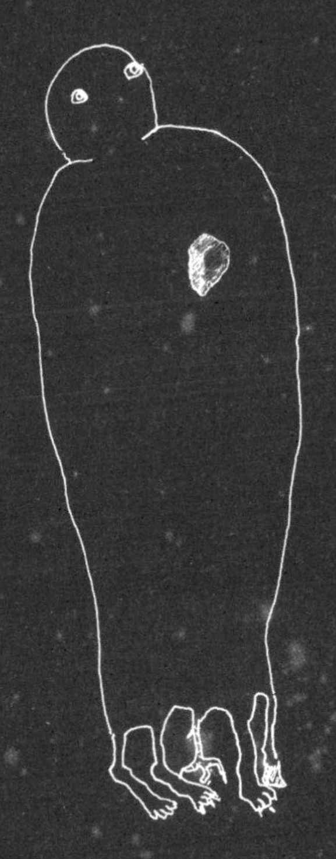

沿岸

穿過草原邊際的樹
從山那頭吹來冷風
我們划船要去西岸
看雨林
和其中隱藏的一切

直到又累又老
不再相信任何生活

之前，
與之後。

儀式，如鳥喙。

（戴墨西哥帽的男人突然出現在市場中間）

根，觸鬚
雙重現實

看的堅持，流淌的黑。

（沿途經過那個收藏死物之人）

我們划船，先繞道東海岸
岸邊這多出來的一大塊寂寞
正好用來
填補漏雨的牆縫

（K走了很久都沒有再回來）

天開始變冷
那年的海岸線也是

——2006.10

沿岸—恐懼之邦

天開始變冷，那年的海岸線也是。

惡夢
從山的那頭流過去
又流回來

收藏死物的販子攀上一把
即使搭垂直列車
也到不了頭的梯

離岸很近時
可以伸手和他交換
他從很遠的地方
去要回來的麵包

（我們快到了嗎？）

選項遊戲，
戰士和難民
都藏在我身後
我餵他們吃
硬掉的麵包

你毋需掛心，必要時
我會把他們的靈魂和襪子
全丟給河裡的鱷魚

（我們到了嗎？）

你離開家
並從此消失

家中的牆壁
一塊塊剝落
像你母親的咽喉

再也不能歌唱
只剩下看

在黑暗中流淌
成河的一端

（假如我曾開過口
假如還能夠，活著回去）

我們划船，要直到西海岸。

—— 2007.5

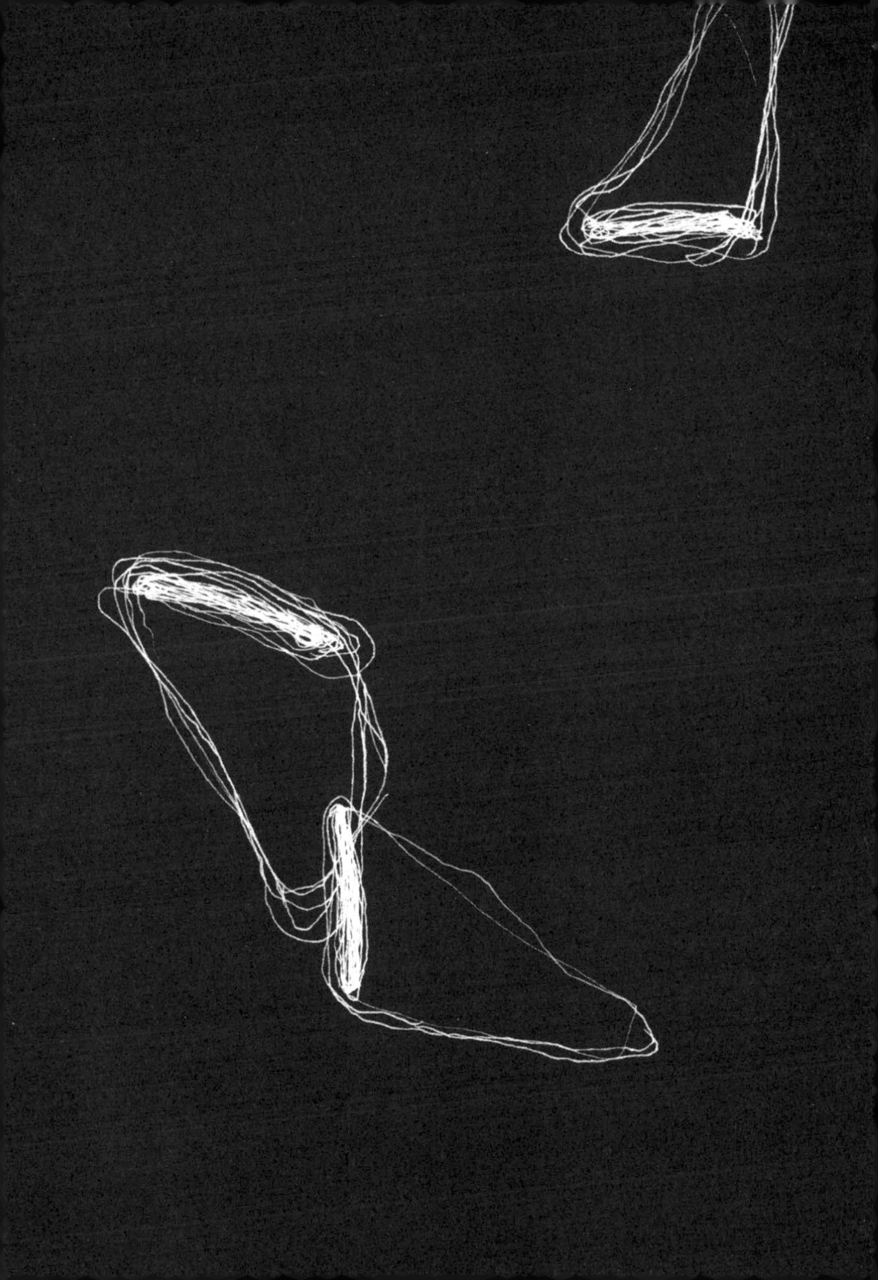

岩燕與夜鷹之間

再過去，湖的對岸，就是俄羅斯。湖岸草長，風裡，一個中年男子正在游泳，他身後岸上停著一艘白色小船。陽光正在下沉，把顫震的水紋映上船頭。地上淺褐的沙層厚且密，那麼細，介於土粉和沙泥之間。這裡是湖的內凹處，從天上鳥瞰的話應可觀察出這輪廓上的一個缺角吧。右前方看出去有一堆土丘，往湖中心方向延伸出去，最後那堆坑坑洞洞滿布黑點。那是上百個大小不等，穴狀的燕巢。數十隻岩燕正各自以箭速迴翔於洞穴與土丘對面水邊的草叢，將湖口那整片空，穿織出層層不存在的黑線。

就讓時間流走吧
還有甚麼可惜的
它再也不會因此
而讓我更不安了

在正升起的霧和冷間
傾聽夜半鳥啼
遠處家屋捎來犬吠
數層輕煙氳裊河面
乳色紗紡攀罩上枝葉
整林綠墨流淌，輾轉

更何況天空越晚越見寬廣
它花了一整個世紀
由赤紅進入灰藍
並將地上的一切
下降至地平線邊緣

房子的寬度
勞動的高度
糧草的深度

短暫的夜夢中
白雲照樣流動

夜鷹們正殷殷
低喚著侶伴

——於愛沙尼亞東南

——2007.6

Ahja jõgi *

水躺平，一點也不急著走
直到體色被黃土來回洗過

因為映在石壁上波紋形的意念
才知無為是它前行的標向

抵達沉木和苔石的酣眠
招引空降的輕風與光塵
所有綠和青同時
下降又飛升

這是河精們蒼蒼的髮絡
水草的湧動總指向湖海

那傳說中的異水收藏著
一路沒能說完的故事

---

* 作者註｜jõgi 是河，Ahja 乃河名。

而為了不被光影迅速收編
鳥的衣色必如琴鍵之黑白
小嘴鴉，燕雀和白鶺鴒

一段木階
就是被建來要好好
眺望的即便眼前
空無一人
它仍懷抱種種凝視
並在夜裡增生青苔

岸上有一些
像房子的
房子
像樹的樹像湖心的窗戶

和從冬天最深的地穴
赤裸　走出來的孩子

岸邊有流霧般的問荊林

河床上有螺旋狀的時間

延遲，閃動，更多聲音細微的孔洞被吹奏

這蜿蜒的水畔

唯一的物質是光

所有其餘

都是它在移動中

瞬間凝住的影子

—— 2007.6 記愛沙尼亞東南六月

賽拉耶佛的果陀

蘇珊去了Sarajevo
那裡有彈雨和槍林
死亡從山坡上，日夜對準
嬰兒的心臟

「Pazite, Snajper！」*
人們都是無辜的人們都是意志的奴婢。

蘇珊在賽拉耶佛她看見電視上看到的
樹林齊腰倒下
圖書館只剩骨灰
但攝影機和衛星看不到
這沒有水、電話線和食物
的巨大幽靈在顫抖
所有房子搖搖欲墜，每個身體都變成一棟
無人的大樓

---

* 作者註｜「Pazite, Snajper！」意即「小心，有狙擊手！」

蘇珊去了賽拉耶佛
她帶著一盞有毒油燈
找到一座傾頹的劇院
在黑暗中，
還給演員們以戲劇
給舞臺以聲響燈光師以光

「Pazite, Snajper！」
不要變成望遠鏡裡突然消失的黑點……

演佛拉迪米的男子騎著單車
穿過每日的城墟去尋找
他要練習等待的果陀

人們都是無辜的無辜的人們頑強地失去。

走在賽拉耶佛的路上是致命的
想像的族火燒掉的除了土地
還有地下室大片的天空

但廢墟中總有人，會不斷起身
去找水，提水回來
像毒藥直接注入血脈
做些事發生一些關係
為散布全城的失物提供一個
消化苦難的器官

昏暗裡觀眾進來，戲開始了
人人席地而坐，一棵樹一條泥土路
首先出場的是兩個流浪漢
他們笨拙地叫囂
還給人們以戲劇，現實就站在臺上
給舞臺以聲響比街頭的咆哮更刺耳
給燈光師以光被炸盲的眼腦中的天窗

地上散落著空彈殼
排氣孔裡滿是水泥

每個人都瘦了
水也不能清涼人心

這些都是真的她知道等待的也不只兩個
不要在他人受苦的最深處睡著了
廢墟中，總有人
會不斷起身

——二〇〇七年觀*En attendant Godot à Sarajevo*紀錄片後作。此片記錄蘇珊・桑塔格於一九九三年前往內戰中的賽拉耶佛（波士尼亞首都），與當地演員進行《等待果陀》的舞臺劇製作。

也僅以此詩獻給為樂生保存運動持續站起來的人。

——2007.6

卷五——沙數

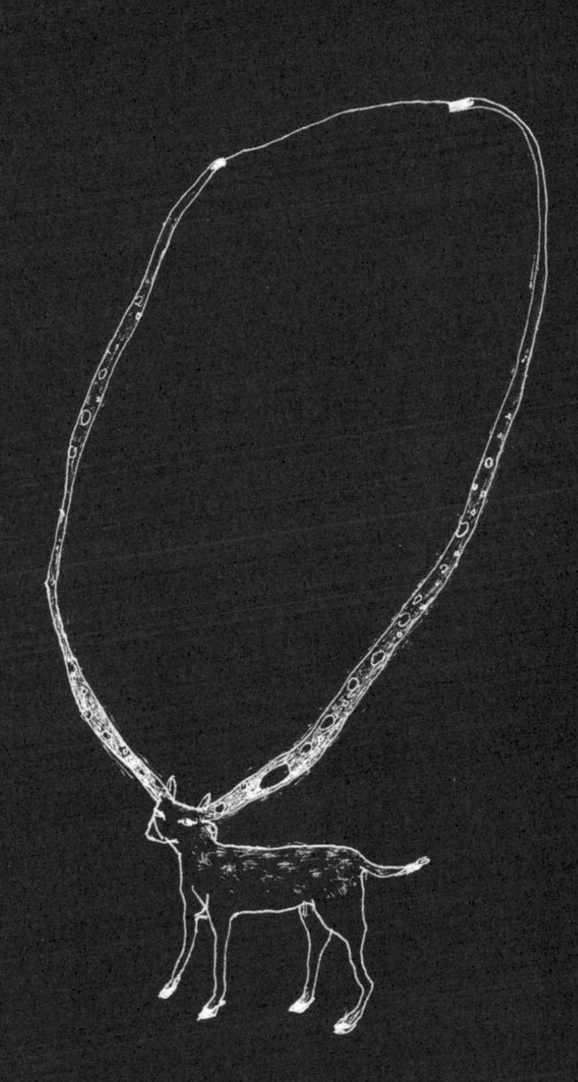

洪荒的開始或斷裂的最初

聲響　川流　愛的殞石　光火裂奔

地貌。

——2006.1

((哎))))

愛一個人在彼此幾乎熄滅的呼吸中愛一個人在如此遠的房門口愛一個人在離開後與回來前的半途愛一個人在陌生多塵的國度愛一個人在世界與心的真空地帶愛一個人同時在三個黑暗的所在　在移動中的交錯瞬剎愛一個人於片刻凝視的間隙裡還原愛一個人無法不去圓滿它想像它意圖它需索它的完成以及完成後的失落之可能。愛

一個人就比較不愛另外一個有的時候是捨不得愛一個人說久了就易因重覆拉平心上的皺紋沒有皺紋就不易感受那美愛不管缺陷但它在完滿時不願就此坐好，它懷抱移動傾聽暗處的陷落我無能為力因為愛走在我前頭它眼力不佳沒有衛星導航和地圖但腳程迅速且總因當天的星光而決定黎明前該要出現的路

——2007.10

也是，情歌

巷子的本能
天空知道。
你這樣，在不意間看著我
湧起的浪也知道。

飛機橫過，一雙雙眼無神下望
野草在風裡，隨山中音色疊盪

野草在風裡
聽萬物生滅之聲
陽光來去，我這
開始停滯的心尖

陽光來去
我這開始
停滯的心尖

——2007.5

沙數

長遠。還在看見。那思念
仍在呼吸。明天。溪流中
走遠的枝葉。夢裡的內在
生活，依舊想要自立門戶。

話語中的出離，眼底的謎，
解謎面的那人曾多次自殘。

肉粉色的塵埃，妄想無限多的恆河。

——給 P.

——2008.3

夜裡的水鹿

1

背嵌進床
床深入夜
被夜染黑，時間的皺褶
滲透孔竅萬千

一絲　一毫　一點　一滴
發散

一絲　一毫　一點　一滴
引燃

2

像開罐器繞著罐子的圓周
喀啦　喀嚓

喀啦　喀嚓

他的心
在夜的進程中
一寸寸鑿穿了我的

3

周遭的所有都正在甦醒
只有悲傷努力想要沉睡

4

水鹿　水鹿

在大黑暗的森林裡我看不清你迅捷的身影

水鹿　水鹿

在大黑暗的世界裡你的眼睛多麼美麗安寧

5

連同延綿細瑣的疑問，啊夏日
就要在蟬蛻的光中洩露出來

等喝咖啡的人站在簷下等雨的人煮茶的人
再老一點

我就可以
在跨出夢境之前
歇歇腳，敲敲腿
看看那發熱的心

終究也只是
岩礦脈上的
一縷結晶

——2009.7

在漫長的徒步旅行後

在漫長的徒步旅行後
她將唯一的破行李箱
帶到公路旁
小心擺放
在抽長的草和偏黃的灌木
中央，企圖
不輕易被其它旅人發現

回到屋中，把門栓好
她的丈夫答應替她
把漏水的屋脊補平
接著她找來凳子

坐在門口
從此以後

——2007

卷六——感官編織

有河蒼鷺

也許要以倒立的姿勢學習行走
才能
看見幸福。

我喜歡的咖啡店是
長方形的
聞起來是
深邃的

我喜歡的書店有著藍色的岸
透明的心臟
可以踱過快睡著的日光燈管
在雨裡
專心折疊時間
深處的碎花磁磚

可以在那個長方形
類夢的獸體內
與其它的夢成為友人成為
玻璃與書的觸媒成為
星系與星系間的運轉成為
一種穿越整個城市後
所必感應到的某個
即將到達之誘惑

為了要去和一本書相遇

沿著河岸線
沿著海平面的夾角
沿著生活為自己開啟的縫隙
與蒼鷺目光的弧度
向上尋覓

剩下的，
就只有那河。
在午後左右傾斜
在夢裡上下逆流

看河的人
被河守著

在它的正中央，黑夜
起著毛邊
洗刷著時間。

——2007.11

電影院內外（頤和園後）

1

它突然就過來，我不知道該在哪一層放它。在它之後。一切全變了樣

下雨了。這雨下得挺大。無論如何。
青鳥，天空，山嵐，雲，都被吹跑了被吹得，老遠。

在快要永遠離開之前趕緊回過頭來。人在雨裡拚命跑著，人，其實是願意孤獨的人其實也是願意
等待果陀

只想生活得更強烈一些。
幻想，這致命的東西，和青春是否都能長久地存在？
一個在身體裡，一個在外面，想進來。

2　用吸油面紙捲菸

電影開始放映的時候我編頭髮
在黑暗電影院的座椅上
編頭髮

在黑暗中我好像
可以坦然地改變
雖然那種未知似曾相識
有時令人感到害怕

更勇敢，更腐敗或更枯黃
也更易被點燃

而走出了黑
我就又會是
那一個以為
與自己相識的人

3

生活把我們說話的稜線
都碾平了。一些紅色
和藍色的光
也有一些
灰色和青綠的煙霧

那麼時間是
怎樣突穿過去的？

只見夏天的過道上
插滿吸管狀的愛情

4

不知道我還要在這裡
假裝躺多久？

一路上看到的都是
被愛打量的人影

也有些，肚破腸穿

正悠悠轉醒

5

把人影

剪下來

讓它們

從畫面中

抽身離開

把手勢

和動態

從時間裡

勾勒

剔除

切斷

分類包裝

6

大軍車在燃燒，公權力。十八年後，個人的聲音才足夠勇敢，才多少被聽見。

華沙如何？塔林如何？北京如何？自己的鄉音如何？

太陽早早照耀著，心上一片黑夜。

戰爭中你流出鮮血。和平時你寸步難行。

——2007.7

Jouhikko 的風

（陽光突然敲破黑暗，照耀著墳中的瑪莉。瑪莉起身，全身充滿流動的空氣，她開始跑。
穿過草原穿過森林向前不斷奔跑，她並不清楚快樂，也不知道傷悲。）

像一陣風在草上，就
像一陣輕風在草原上
輕風奔馳，一陣一陣
它經過湖面的霜草原的夜
越來越急越來越沉那風生自海吹拂過苔蘚
河水不停流奔傳說如藤蔓延夜啊夜的絲弦

微風與歌，十八萬七千八百八十八個
傾聽地心的型態
火光與弦，十七萬九千五百八十四座

水面上的觀夢臺

就像馬毛與冷杉做的琴曾被猛烈地焚燒與遺忘

就像光線於時間中寫的歌曾和異教徒一起熄滅

又再復活。Jouhikko

Jouhikko

如同最古老的咒

在響起的瞬間帶我們去到黑暗與深

冷　及結晶

雪在雪中燃燒無聲，泥土下

生命之種種，最簡短

與最漫長的詠嘆調

風重複旋轉

歌直達地心

天空和原野從此得到撫慰

河流得到故事

記憶得到湖水

那人不說自己是誰，但他擁有

會呼吸的風。那風在琴中
忽忽長出一大片草

草原自歌聲悠蕩出
一匹馬，一棵樹。

馬在樹下
低頭吃草

瑪莉還在奔跑

——給芬蘭古樂器 Jouhikko 樂人 Pekko Käppi 。

——部份詩句來自 Pekko 在演唱時所講述的歌謠內容。此外，芬蘭國土有 187888 座湖和 179584 個島。

——2008.12

Il a disparu dans un silence total

它消失在一種全然的靜默中

驟雨急降，木梯漂浮

色揪住色，形纏繞形

盲人引領著盲

雲的形成過程

粉紅無聲之柱

柔軟的

風景

房子

和野菇

水彩，炭條，血與礦

泥土，紙，布和鋼

兩樣深藍香氳

紅色黃色粉紅

和純白陰莖

溫熱漩渦，白雲與風的系統
鏡子裡那暗紅房間
豢養整整半世紀的蜘蛛

以惡夢追問
以手心恥骨
夜夜日日究尋
何處終點？
何為岐路？

——Louise Bourgeois 回顧展記，巴黎

巴卡（Baka）

大樹倒下，聲音傳過來，
小巴卡人看著太陽在天空移動
他想捉住太陽
（我們知道，太陽總在正午自我粉碎）

以重複的歌唱聲一起回到從前
爸媽去過的地方，祖先來的地方，自己忘記的地方
一起回到世界中心的那個時間
用語言假死，用嗓音招靈
太陽把它的燄火送到目光那裡去
鳥兒不斷飛行。

在枝頭上棲息時
牠們就變成了人

葉片與樹枝搭成的屋

子宮與巢穴生出的果
令火和光跳舞
令焦炭變成水

在河畔，一個老人對孩子們講河的故事：

「水瓢被漩渦困住了，快去啊，快去救它
但河好深，孩子們，河水好深！」

那隻手在闃黑的空中上下擺動
看見（聲音）
噓息，驚嘆（張大嘴巴）
音聲（雲霧展翅）
千萬隻蛾的鱗粉
一個盒子，一絡頭髮，一隻手
構成儀式的物質要件
同精神要件

慢慢地想起
一場從未看過的大雨

我們因此懂得了河水

我們因此懂得了耳朵

我們因此懂得了重複

還有那不斷不斷隨河水流去

又乘著雨偷偷跑回來的事物

——觀電影《巴卡》(Baka)後記。導演：蒂埃里·克諾夫 (Thierry Knauff)

——2007 初稿

——2008.11 完稿

宅夢

離開家的那天，媽媽不小心弄倒了碗櫥。碗盤嘩嘩碎了一地。她說：沒關係，沒有甚麼值錢的東西了。奶奶最愛的那塊青花的，已經打包起來了。

幾年過去，我只回到那地方一次。那天，我扶正了倒塌的碗櫥，撿出裡面剩下的兩塊碗。隔壁阿婆喊我，我走了出去，再沒回來。

四十年後有個人，穿過夏日銀合歡和野釋迦樹婆娑的天井，進入這間屋子的夢裡。

正午陽光下，它的夢，從滿布塵埃的碗裡溢出來。

不能被觸碰也不能被移動，他只能以數位的光塵，去攝這個夢的魂。

（澎湖，八罩島）

——收錄於拾景人駐村計畫中法文出版作品《村落，遺跡》（二〇〇九）。

——2008.3

年節

過年前後每天都去拍老廢房子，錄它們咽喉裡僅存的聲音。

去看從正廳衝出屋瓦的冬季枯枝，和底下茂綠狂亂的草，偶而遇見要你將它帶離這個地方的青瓷大碗，碗底描著綠枝桃花。牆面有殘餘的裝飾，牆邊的亡靈粒化天色的散漫，和凝視的偶然。而那些威嚴地站立著，與墜落的屋瓦共生，不願讓他人親近的舊櫥與大床，還支撐著一個家族最後的姿態。

風在那些房子的周邊，不停兜著圈子。它撞擊緩慢支解中的木門，吹奏死去珊瑚群的骨骼縫隙，風化中的玄武岩廊柱，布滿孔洞，兩旁拚命搖晃著的木麻黃，整排整排在戳動天空。

天空灰白蒼茫，海在風來的地方日夜翻湧。

感官編織

但風其實並無確切的來處，海，也在比實際更遠的地方招手。

我們在那些場所一次次盤旋，出入，像候鳥在海上尋覓落腳。在將那些層層紅瓦與剝落牆片踏得更粉碎的同時，讚嘆著那時人們對色彩和事物位置的敏感，以及對材質寬廣的直覺，唏噓自己時代的無品味，和集體五感肥大症。撫摸屋中房中，在一整個年代的死亡氛圍下，努力敗部復活的植物們。也試著嗅聞清晨海岸上，那惡難的鱗光，來自無數垂死中的生物。吸引了人們大量的撿拾，它們在惡寒和饑荒的巨浪下被拋擲上岸，卻還狠狠保有對最後一批珊瑚礁，斑斕燦耀的記憶。

每天回家，日光燈大亮，家中的熱食，盤上的魚鮮，親友來去，人聲交疊，動作，磨擦，物件，瑣碎滑溜的對話，以及深夜裡猛力敲打窗面啃咬窗櫓，在溫熱的體內斷然撕裂你夢境的，風，前來提醒，這一切。

—— 二〇〇八年初澎湖海域寒害期間

—— 收錄於拾景人駐村計畫中法文出版作品《村落，遺跡》(二〇〇九)。

—— 2008.3

移動中的幽靈

轉動，提降，扭顫
緩，行，慢，水
在火中燒
（這些動作的用意是在指引方向）
若是你倒著走路，話語就會被漸漸吞沒

所以最好坐在通室明亮的咖啡店裡
（先生，聽見音樂了嗎？）

那樣我就能看清煙霧的自由運動
和從她被樹枝舉起的瞬間，開始（開始吧！）
奔、跑、走、疾走
邊走邊奔跳奔馳蹬步跳躍跳再跳
蹬開亂髮跳亂髮繞髮際的熱與香（親吻的時候親
吻的時候）
就像在翻山越嶺一樣

就像在翻山越嶺時一樣
你們吻得夠大聲嗎？
（有時還可以拿擁抱代替隨心所欲）

那是一間尚稱高雅的餐館
每顆心都被訓練得要想起自己再忘記
（這是第二幕的主要場景）
唯一的男子沒有頭，但仍能以肩膀弧度顯現憂鬱
唯二的女子左手拉住右手，用指尖在頭上頭下翻轉出
一些難解的謎底，並以雙臂間的空氣擁吻自己

旋轉，中間的地方
開始下起雨
（外頭的那一場現在要開始了）

鴿群在她黑而纖長的衣服前
的陽光和樹影間沙沙飛掠
正午時分，不需思考也不要音樂
只默默對著樹或鏡子，呼吸
專心擾動空氣

她進入一座有陽光和樹影的公園
周圍有人語市聲露滴煙圈
她走著聽著直到靈魂巨大而纖弱
直到纖弱而巨大地進入了他人

（裡面那一場昨夜舞依舊繼續著）
她的指尖還在沉默地發問
腳踩過玫瑰腳踩過花鍊腳踩過尖刺
每個人都被移動的欲望淋個全濕
每個身體都變成一座運動中的噴泉

讓人想起古老深夜裡
那場無邊無際的水患

在大黑暗的水患中
讓自己變成一根有光的燭

和手風琴中有隻老鼠
用一隻手
和一隻眼睛跳舞

———看 Pina Bausch 紀錄片兼記三月

——2008.5

Caroline B.，你的圖我的懂

那不是一個容器。

那不是一袋子水。

那不是一些細線

所引導出的身體

那不是睡眠

是暫時出離

那不是封閉

是意圖凝聚

那不是肉身的虹膜

也不是靈魂的球莖

那不是植物的根系

是許多暗藍手指

那不是花瓣的橙黃

是因生命而暈眩

待乾的光

——2008.5

圖繪者｜Caroline Bouissou

安迪與沃荷

　我幾乎就要看出它的美

時它就不見了。那幾乎

就快要是愛

或是沒套好色
的番茄鯖魚在

黃色的大賣場海洋裡

「重要的是情感。」

「不，重要的是詞語。」*

I am a deeply superficial person，他說。

他像是我們時代的冷靜暴食者，吐出的是部份消化了又還沒吸收完全的，那樣原汁原味又面

---

* 作者註｜影片《雀兒喜女郎》當中，Nico 在廚房一角邊剪分岔瀏海時邊與流理檯前的一男子閒聊的對話內容之一。

目模糊，卻也同時還原成由一些基礎物質組成的產物。

而我們集體輪流捧著這些嘔吐物，努力想要在其中辨認出甚麼。它是如此地親切熟悉又如此令人不禁想抗拒……忘記了這或許就是某種現代版的「我們每天的麵包」。

他用大眾吃到膩的東西換個名字再餵食我們一次。

這一次，它變成那些品牌的品牌代言人，或者說他可以不必被授權地任意選擇他想代換的品牌。這是創造的真諦之一。

他將那些湯罐的可怕滋味與瑪莉蓮染好的金髮徹底地壓扁，使保存期限無限期延長，也為下個世代大多數人的美感品味做見證。

我們的美感是被填滿我們的垃圾所養成，而我們製造並吃掉的垃圾總有一天也能攀上文化的金字塔頂端。

這中間當然需要有一個消化器官，他可能叫 Andy，或者其他甚麼沃荷的。

屆時，富人精心製造給平民的便宜食糧將會被其它富人所瘋狂競購珍藏，只是那些富人是用另一種器官吃下它，再用他們大量複製食物的原理把它當成全球化的高檔產品推銷出去，接下來，它輕鬆成為大眾搶購的紀念品，和美術系設計系學生的策略性模仿對象。此期間，安迪好整以暇，排好隊等著去投胎。

一顆番茄在被吃掉前如果不想它腐爛，最好的方法之一就是做成罐頭。

或者拍成照片，並忘掉那顆腐爛中的本體。

——二月十五號在地下室的狹長角落，配著不時有的強大喇叭雜音，跳著看了《雀兒喜女郎》及其它影片片段後，思及此人，其創作世界和所引發的周邊現象，而隨性寫下。

——2009.2

從水出發的一場不連續演出

話語一旦說出，就像以石片割劃物質。彼此消磨與成就。

咯咯咯嚕嚕……淅瀝瀝咕嚕嚕污……魚鱗狀的聲音，以及更多更多鰭狀與鱗狀的聲音。
聽聲響織成水紋，看線狀震盪疊出波浪。淅瀝瀝瀝，污嚕嚕嚕，一艘大船在水底不眠不休進行維修工序，一整年，水平面上它發出噗嚕嚕嚕嚕嚕……流沙，演化，持續擴張。節點，噢，修復，噢，消蝕。

噢。沉重的推進器深深睡去。夢想它的旋轉旋轉旋轉轉轉。
忽然間，停泊在人聲鼎沸的中央市場。一堵厚實的玻璃牆。

在普羅之海畔，成為蜉蝣，只存在於每一瞬。
成為蜉蝣的集合體，包含著每一瞬。
成為蜉蝣的集體墳場，量化那每一瞬。

螺。法螺。鐘，汽笛。哀—鳴，成束，成團，成為濁重的黑暗，激盪的光。
能量運作—擴張—擴散—收束—集中—直向前後—壓縮—各自開裂

風聲從遠處急急趕來，掃動所有突出物。
在風裡，話語變得艱難。
在雨中，我們流淚酣暢。

——於瓦倫西亞（Valencia）

——2010.1

餵房子吃夢的人

入夜時分
他從地穴走出來
像一個失語的說書人
驚慌張開嘴巴
試著讓整個宇宙
慢慢倒流進去

每天出門前他
必先尋找一本書
冊頁陳舊但字跡如新
書中指導他
該如何折疊身體
怎樣將荒涼的街道組織成
提供給記憶種種未來的線索

以及如何在閉眼傾聽瞬間
移動黑暗中湧現的星辰

像個守夜人來回梭巡
也像一介遊魂無處可歸

日覆一日。他將影子修補成身體
夜又一夜。他將石頭穿鑿為居所

他收集喃喃低語
吞吐夢囈絲線
折返編織人世間
如繭如蟬翼的一道謎

——給《繼承者》演出裡的書毅

——2011.11

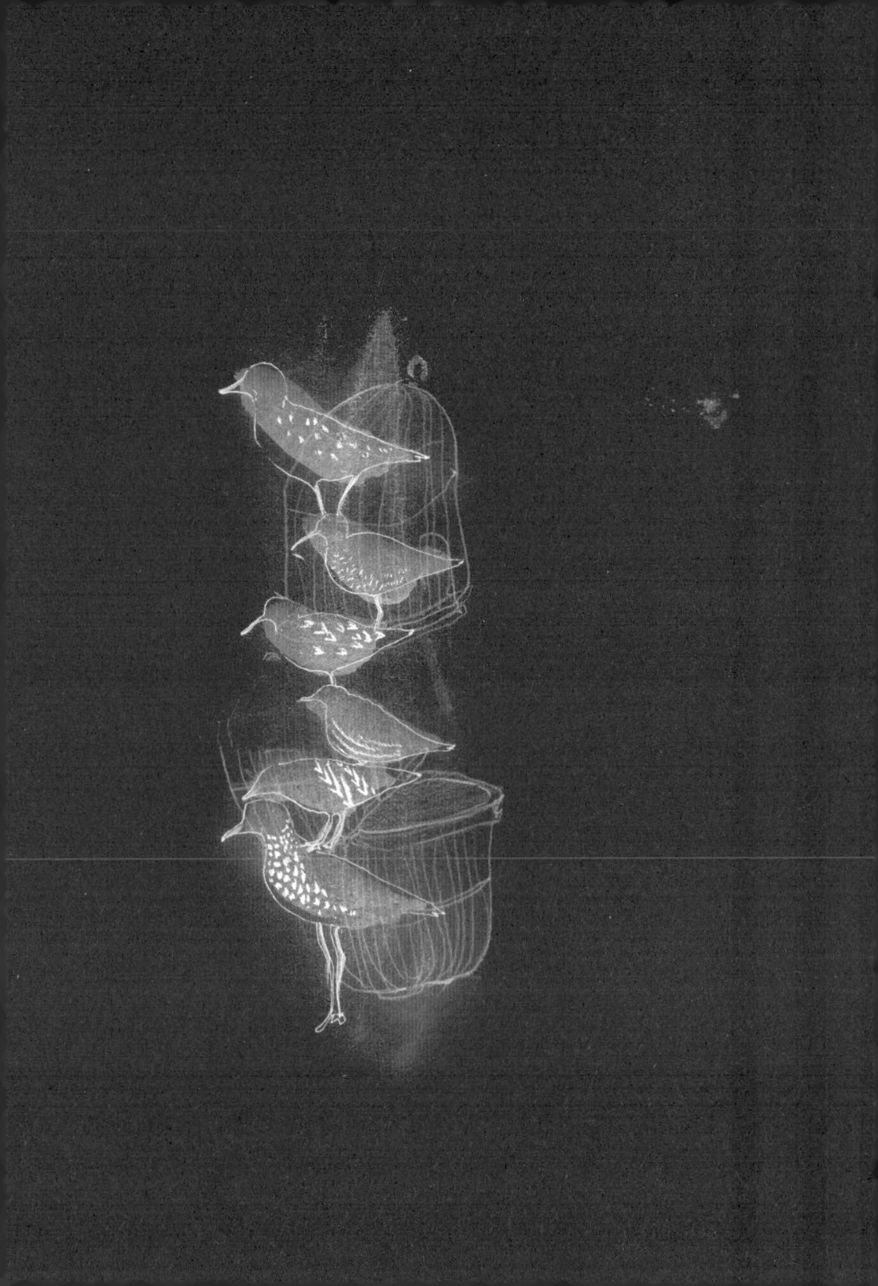

幽靈化的感官—寶藏巖感官考古 001

空氣裡散漫著。新砌水泥之味
一扇窗冰涼。一扇窗悶熱。

一個女子在折疊。一張乾癟的身體
一個女子在收拾。空無一物的餐盤

暗藍。淺灰。其間散落不均勻的光

矮房高處小女孩著白裙，玩傢俱
擺渡夏日。在她目光對角處，低到

不能再低的角落，小窗凹陷，慢慢
生產一團陰性輪廓，她長髮赤足
從嘴裡，徐徐吐出豔紅糾結的絲

樹梢垂掛著某種氣味。陳舊衣布
在向晚的微風中稍息，其扭動慎微而規律

它們其實並沒有想念誰。只是在想念自己

我經過一些亮著的房間
無人在場。侷促而倉皇
吞下觸手可及處被城市
過濾再擴音的整卷蟬經

途經一位黑衣女子
用相機在測量心室
另一位用機械化的
神經質在清潔櫃子

粗灰塑膠管線交錯
疊續著同色系的地平線
避開烈陽側面黏附
整排黃蝸牛半透明的心

那是一排又一排
崩塌了復又站起的過往

那是一雙接一雙無名手把它們全搭建起來
一隻又一隻滄桑的肉眼眺望過河流同車流

穿越親自鑿開的窗
去撿生活的破爛，他們
總是捶打補綴拼湊
時間之流，空間的漩渦

一些像我一樣用頭部生物冷光
探照四方的人站在對面的窗看我

陽臺上，除了大樹還持有
炎夏張狂的姿態之外
其餘一切，都被強迫症消滅了聲音

於是從腳步聲開始算起
所有的人逐漸
都變成了鬼

一群習於觀看的鬼。其消音功能使那件
來回推動看護車的女子紅衫越加刺眼

以及一旁晾衣的纖細肢體，晾著和她體色
一樣白的上衣。無數葉形飄動

遠方的快速道路，用時間壓縮了沉默
只有劇烈改變形狀的樹影充滿雜音

穿越一個又一個無聲房間
彷彿在鬼門洞開前夕
我們又要重新變做人

經過一座又一座造型崎嶇的陽臺
啊這漏雨的人生，這永恆的戰爭……

在陽光澈底消褪前的寶藏之上
東方面孔的人有著西方的心臟

我們像是失語少年患了夜間夢遊症
更像夜行性動物蠕動於白日夢中央

集體仰看窗格子間自行增生的夢魘
色白而濃稠，時光深處平靜的滯流

在樓與樓與階梯，窄巷與折曲間流不出
在偏門和紗窗，欄杆和管線暴露間出不去

是縫隙中的縫隙。偶有一抹厲人的青綠

再走下去。樓梯眼看就要連接無限，再向
前去，初亮的街燈就要蜿蜒出水滴。再
轉一個彎，我就會聽見無數腳跟的震顫

每雙腳都在窺看某個箱子，或者飄移如蜉蝣
每個幽靈的探望，都可看作水草的暗部閃光

由於我們總得穿過他人的水晶才能照見自己
因此從每個角落滲透出的面孔我都無能久看

而最後她們都以和靜默相仿的姿態
優雅地熟練地抵達我們身邊。繞著
不知章法，無名的圈圈

在步履重複的挪移中，她們幽幽開口
看似要短暫地超渡我們，其強大中

又暗示著

　　　　無限枉然

——收錄於拾景人寶藏巖駐村計畫出版作品《寶藏》(二〇一一)。

——2010 中元節

卷七——脈

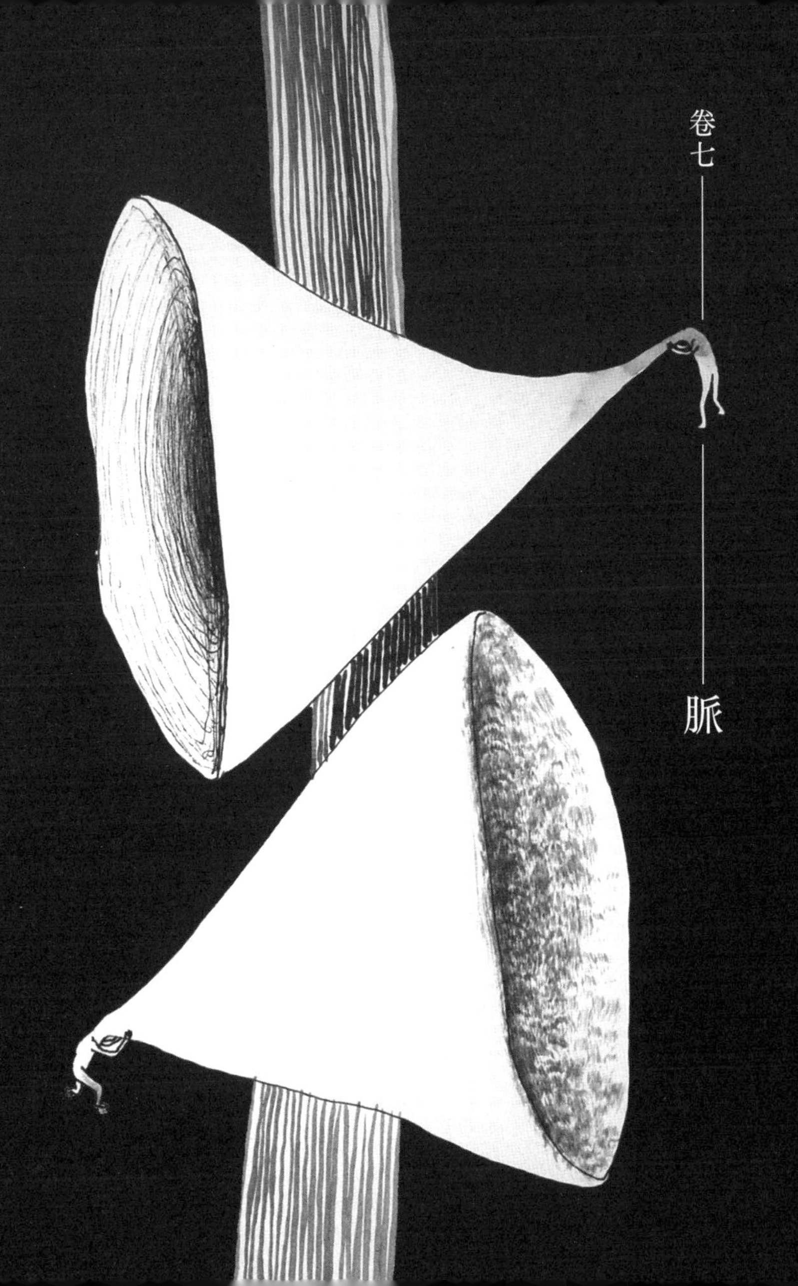

大樓在遙遠海面長出根的那天，住
戶們決定交換彼此的居所。

選擇天色欲起的前一刻，霎時間，
空中充滿振翅與摩擦之聲。

——2008

勞工節黎明，London-Nice

喝過數萬英呎上第四杯模擬咖啡的深色糖水，以及製造了一堆形狀雷同的塑料紙料廉價精巧盒狀物袋狀物等等垃圾後，胃裡頭無性格無表情的食物進行了一次大匯整，此刻正慵慵龜速通往腸道。站起來想辦法重新黏回四肢時看到被兩個方形卡住的時間概念，其它與我形態雷同的事物，也一同龜龜速通往出口引道。

在大而無當曲折無奈的倫敦機場，鳥獸散隨著指標盲然移動的眾人各自執行轉換航廈的任務，努力加入那些考驗揹行李人類的直行轉彎左轉右彎直行再迴轉能力的曲折走廊，其曲折，沒有一點意味深長不允許任何刺激腦皮質的變化，甚至無法用後未來派後普普後一九八四的眼光欣賞。而那些聚集了現代國家所特有之灰色死光藍白制服黑暗意識的一次性微笑，總是定點出現，發出警戒性的體味，以掩蓋制服下的費洛蒙，那微笑與形成這一切人類文明中的呆若木雞成份合作無間，催促我們去搭乘無限延長的電扶梯並做渦輪狀遊行。

經過檢查哨無數次終於均質化的肉體們，仍嚮往這些還是會嗶嗶作響的假門，帶著驕傲穿過它，並交換彼此身上的衣物手錶膚色再神經遲緩地穿掛回去。成為每一個人成為每一個我，去實踐移動、旅行和檢查三者所共享的極致虛無。

清晨六點，眾免稅商店精品鋪的拉門緩緩在上升，其千篇一律同中求異的氣氛立即不分遠近瞬間把所有事物擊碎。

上百個灰色或暗紅且經過刻意不規則排列的塑膠皮椅上垂掛著十數顆面目不清的頭顱，他們的身體則被小心地傾斜擺放，像旅途中不知為何而多出來的一件疲軟行李。

擠入這樣時空的我在一旁邊吃義美穀物餅乾邊掉屑，左邊眼角不小心瞄到身旁鐵銀色煙灰筒深處陰影下，一本卡夫卡的城堡正在默默自我焚燒。

—2008.5.1

年代蒼茫擁擠

她的孤寂自山的稜線滑落
他的眼淚自山的稜線滑落

她在這一頭
他在那一頭
無人唱山歌
只有 ADSL

——2006.12

偽螢火蟲

凌晨三點
通體燐光閃爍

當翅膀拍打密碼
觸鬚點選暱稱

他們正以高速下載著
屬於這個時代的浪花

——2007. 8 曼谷—臺北 空中

因緣

1

光自葉梢
墜落，雲從窗口
湧出。天涯

在眼下

2

你因何笑
因何哭
因何無助
又因何幸福？

蟲子葉影下悄然被吞食
夏蟬們深夜裡依舊嘶鳴

——2006.1.1

暗下之前

周遭的一切相對之下
都太遲緩

風在樹梢間經行

走過枝葉顫搖
薄暮中的時光

天色映山
流轉著各種藍

——2008.3

短歌

生之為難
死之結解
來既來之，風雨雲霧
去也去矣，物景人情

穿雪花
它鄉草
來年日光澆沾
露水聽彈

——2007

莫可名

怎樣碰觸那底
在大如黑暗的密林裡
有萬物棲居

在大如黑暗的身體裡

有萬物棲居
在大如黑暗的宇宙間

有萬種凝視

大風雨進到我身體裡
在大如黑暗的心中

它們將要甦醒

——2009.7

冬夜音景兩場

1 島

潮聲是在夜裡的驟醒中來臨的
它的出現夾帶了一種低鳴
四面牆壁毛孔迅速張開
而我皮層所有纖維管束
均無聲地接通

收音機在此時突然響起
有午夜電臺主持人的沙漠嗓音
有島嶼情節 call-in 八荒腔調
以及 AM 專屬的沙沙沙沙 砂砂砂
肉感充盈沙砂砂砂
又寂寥曠遠沙沙沙沙

2 陸

月臺上沾滿了縱向鞋印
一節車廂停駐漫長軌道中央
曲折的月影，在紛紛細雪間
更深入了光

擴音器裡，列車長的話語碎裂成
沾滿震輻的宇宙沙塵：
各位旅客，由於前方故事軌道不通
本列車將暫時無限期停留，各位
旅客……

幾片雪花融進眼瞼
戰爭很遠，在每顆星星上守護我們
用超越肉耳的種種震盪
圍繞著我們旋轉，提醒
沉默與死寂所擁有的巨大不同

提醒每一場記憶的雪景

都應當要溫柔

——2010.1

涯

髮際暗自藏風
笛音飄忽嗚奏
龍舌蘭葉群被大量的綠
洗野洗藍

是浪花對陸地長久的撫觸
變成了海灣

開闔的蝶蹤
開闔的馬鞍藤連綿無聲
依舊在海岸線上長奔

蜻蜓九月
它知道草原的移動傾向
都是為了去探究更廣大的天空

黑岩上，有白鷺入潮的雙足
潮水下，有無人聽的鎮魂歌

冰藍翻騰，嫣紅成點
再蒼茫一些就會跌入秋天

日光已現
露澤未乾

盈耳的水聲
盈耳的呼喚

——2009.10澎湖山水村

野島（母親節記事）

鏽蝕紅與暗
流水濁與黃
天空蒼啞
日光昏茫

在那之中我們仍執意
絞緊自己，轉動渴欲
的泥沼轉動
飢荒的波光轉動
轉動灰敗潮浪轉動
星球與塵埃的衰亡

呼吸滿是空氣中
不斷剝落的廢墟

但在更為崎嶇破碎的山徑清晨
有被覆沒仍不斷續生長的芽菁

但在更加熾熱的廠房鐵皮上方
有一下過雨就默默湧出的新綠

只有它們
承接所有目光
為我們帶來
一種異樣的希望

——2009.5

船破圖

白雲爭討歷史
唱無人可能之歌

城市滿臉
光明難掩的疲態
一再再吸吐
它一再失望的子民

風還要經過
長遠曲折的路線
才會拂上每個人的臉

不要停下啊
不要停下
即使哭泣

也要讓淚滴都變成
送給行路上的星光

而在透支了大山大海
的浪沫上
不要放棄記憶

更不要放棄
阿公所建造出
泊在我身體裡
的那一艘船

——2009.2

三個彎，轉給白海豚

彎一　尋找白海豚

首先
是一排風力發電機組
矗立於破折出海
的水泥長堤後方

接著是以自由為名的貿易港
和緊緊與它相依的大儲油槽

然後是石化工廠巨型煙囪
用無數生命殘骸作為燃料

而視線與海平面的交界地帶
排隊進港的超級貨輪運載著
島嶼人民的日需，汗水，與期待

以及更多不斷自我繁殖增生與
自我突變的欲念

原來，貪婪是可以量化的。

它是銳減的漁獲和日增的黑煙
它是包圍八十隻白色流線型哺乳動物的人類世界
它是我眼前所見！

原來愚蠢也是可以量化的

它將是又一片被賤賣的濕地
它將是又一座擲向海的消波塊
它將是又一個
被我們歡樂的胃液消滅的物種

原來海岸也早已被簡化
它所孕育出的無數生機
比不上開發藍圖上一條
凌厲至極的輪廓線

然後我看到石化工廠的巨型煙囪
自高處吞吐這一切
用無數的生命殘骸作為燃料
用短線的經濟毒塵說服選票

從看不到白海豚的
這片海面上望向它，驚覺

它比我們，離西岸的天空更近
它比我們，與國家的信仰更親

彎二　白海豚莫來

白海豚不要來
這片荒蕪的惜別的海岸

白海豚不要來，
岸邊有連綿無盡的銅牆鐵壁
上下塗滿了貪婪的毒液

白海豚，不要來

這裡現在叫做寶島

短短數百年，

住滿了漢化的人——敬天畏祖，師法自然

白海豚你

是否也和我一樣

聽過雲豹的傳說？

穿過萬能的人群，是否

感覺到自己與牠們

那荒謬可悲的關聯？

白海豚你

千萬不要來，

因為島上住著的人類碌碌終日

並不珍惜他們後代與你的緣份

白海豚不要來

你的鄰居不歡迎你
你的鄰居想掠奪你
這土地上的代理人
在監守自盜

白海豚　不要來
白海豚　不要來……

彎三　海平面上下

當最後一尾臺灣鬥魚
在水渠裡翻了肚
爸爸正昏昏睡進
午後燥熱的壅塞車陣中

當最後一群媽祖魚從
落日的浪花底下
探出頭來，流著淚
頻頻巡視

母親正用新買的十元大紅塑膠桶
為她的寶貝金孫
細細溫柔
洗淨身軀，啊……
向晚的風
從海上來

手心手背。

手心手背，心肝寶貝。

——收錄於衛生紙詩刊 +09《自由時代》

——2010.6 臺中—苗栗 海上

空隙

當時東南方門腳旁有一個
小小的氣窗

那扇窗的外緣
有風曾走過的路徑
與動蕩中的波光

存在忽前忽後，死亡時上時下

日影深處無聲大霧黎明正要退散

沙子是白的
白到發亮

——初稿寫於拜訪攝影家張詠捷的澎湖老屋住處後

——2007.12 完稿

後記

二〇〇五年起，我開始往返法國與臺灣，幾年後，選擇返臺定居。這期間生命歷程的流轉、生活的選擇，以及與所處環境的對話，自然地反映在書寫中。

這本詩集最初雛形是二〇一五年夏天，對二〇〇五年至二〇一一年間的文字進行首次選編。爾後其它因緣匯聚，我決定先出版母語親子活印有聲詩集《我想欲踮海內面醒過來—子與母最初的詩》。直到二〇二一年——距離詩集中最後完成的詩，也已相隔十年，它才真正地以一本書的形式開始被完成，並加入了同一時期間的圖像創作。過程中，我階段性地重讀，刪減詩篇，一遍又一遍，直到其中大部分，都似乎脫離我的個人生命，成為一個個擁有自己影子的他者：

部族的先人

我們什麼都看得到

我們什麼都感覺得到

棉花要成為細線

而細線要成為布匹

將那已被完成的遺忘吧

另一個事物，已然現身

（來自印尼松巴島語）

感官編織

作者 —— 蔡宛璇

整體設計 —— 吳佳璘
文字校對 —— 劉虹風、胡心怡
總編輯 —— 劉虹風

出版 —— 小小書房｜小寫出版
負責人 —— 劉虹風
地址 —— 23441新北市永和區文化路192巷4弄2-1號
T.02-2923-1925｜F. 02-2923-1926
https://smallbooklove.wordpress.com/category/小寫出版
M. smallbooks.edit@gmail.com
總經銷 —— 大和書報圖書股份有限公司｜248新北市新莊區五工五路2號
T. 02-8990-2588｜F. 02-2299-7900

印刷 —— 崎威彩藝有限公司

ISBN —— 978-986-97263-3-7　定價 —— 350元
初版 —— 2021年12月10日

感官編織 / 蔡宛璇著．一初版．一新北市：小小書房，小寫出版．2021.12．面；公分一
ISBN 978-986-97263-3-7（平裝）　863.51....110018185